I0831405

Björnstjerne Björnson

Der König

Salzwasser

Björnstjerne Björnson

Der König

1. Auflage | ISBN: 978-3-84608-172-3

Erscheinungsort: Paderborn, Deutschland

Erscheinungsjahr: 2015

Salzwasser Verlag GmbH, Paderborn.

Über Geistesfreiheit

Eine Vorrede zur dritten Auflage.

Ich darf es gewiss für einen Fortschritt unseres Volkes halten, dass dieses Stück jetzt zur Aufführung gebracht werden kann und gleichzeitig in dritter Auflage verlangt wird - die vorhergehenden waren nicht klein. Als das Stück vor jetzt bald zehn Jahren erschien, wurde ich in der damals einflussreichsten Zeitung des Landes mit Zuchthaus bedroht. Man begegnete mir im Allgemeinen in allen drei Ländern öffentlich und privat mit einer Schroffheit, die kaum ein Seitenstück in unserer Literatur gehabt haben dürfte.

Aber ich beeile mich, hinzuzufügen, dass ich mit »Fortschritt« nicht Fortschritt in der Entwicklung zur Republik meine, jedenfalls nicht in Norwegen, und das, obgleich wir jetzt zweifellos mehr Republikaner haben als wir vor zehn Jahren hatten; die Entwicklung bringt es ja mit sich, dass ihre Zahl in zivilisierten Ländern wächst. Aber die Unzufriedenheit, die damals in Norwegen gärte, ist in ernste Versuche übergegangen, nutzbar zu machen, was wir besitzen. Wenn mich nicht alles täuscht, sind wir heute weiter von der Republik entfernt, als wir es vor zehn Jahren waren.

Aber der Friede, den das Königtum jetzt erlangt hat, darf nicht als Schweigen über dessen Erbfehler angesehen werden, oder gar als Unterdrückung der Stimmen, die da fordern, dass es mit allem übrigen im Volke vorwärtsschreiten soll, dass es sich nach unseren neuen Bedürfnissen umformen soll.

Darüber ist man jetzt einiger als je: Ein künstliches Schweigen, eine künstliche Ehrerbietung wird nur gefordert, solange die Repräsentanten einer Minorität die Macht haben. Das ist an sich so künstlich, dass es mit künstlichen Mitteln erhalten werden muss. Die Mehrzahl hat in Kampf und Unterdrückung gelernt, was die freie Meinungsäußerung wert ist. In der Geistesfreiheit hat unser Volk die Fortschritte gemacht.

Nicht so große, wie wir es gewünscht hätten, das hat sich gerade vor kurzem gezeigt. Aber doch so große, dass es für uns, die wir seit zehn, seit zwanzig Jahren an der Entwicklung teilnehmen, eine große Freude ist. Geistesfreiheit! Warum wird nicht immer und immer wieder darauf aufmerksam gemacht, dass für das große Volk, dem sich so mannigfacher Ersatz dafür bietet, die freie Meinungsäußerung eine Lebensbedingung unter vielen anderen ist, aber für uns, das kleine Volk, eine unerlässliche?

Wenn man zu den großen Völkern zählt und zu den großen gezählt wird, so wird dadurch eine klare Anschauungsweise und eine Unternehmungslust gewonnen, die kein politisches Verbot mehr zu einem Minimum herabdrücken kann; aber in kleinen Verhältnissen kann es außerordentlich leicht geschehen, dass das ganze Volk einschläft. Eine lebhafte Aufklärungsbewegung mit dem Recht auf freie Meinungsäußerung ist für uns das Erste und Letzte.

Haben wir diese, dann kann auch die allgemeine Aufmerksamkeit erweckt werden und – besser festgehalten im kleinen Volk – weiterführen als im großen; die Einzelheiten können gewissenhafter behandelt werden, denn das kleine Volk teilt nicht das Schicksal des großen, zersplittert zu werden von gewaltigen Vorsätzen, fernen Begebenheiten und zum Teil von jenen stoßweisen Erschütterungen, die gerade daher rühren, dass das eine oder das andere in der nächsten Nähe versäumt worden ist.

Diesen unseren Vorrang kann man beinahe moralischer Art nennen, und er ist, soweit ich sehe, der einzige, den ein kleines Voll erringen kann. Aber er ist dafür groß genug.

Früher waren wir eine schwächliche Nachahmung, ein missvergnügtes Auswanderervolk, ein feiger Haufen von Gewohnheitsanbetern. In früherer Zeit konnte ein solches Volk für sich allein bestehen, in der unseren wäre es unmöglich. Denkt, wenn wir jetzt beginnen würden, ernsthaft in Angriff zu nehmen, was dem kleinen Volk am nächsten liegt? Wenn wir versuchen würden, durchzusetzen, dass die moralische Kritik just bei uns am schnellsten und nachhaltigsten in den Volkswillen umgesetzt würde, dass von uns viele der Reformen der Übergangszeit ausgehen würden, oder hier am fruchtbarsten durchgeführt werden könnten, weil große Teile der »Menge« sich bei uns am schnellsten zu Individuen auflösen. Ist das nicht gerade das, wonach wir jetzt streben?

Denkt, wenn die Bedingungen, die uns lange unendlich klein gemacht haben, sich verwandelten und uns einen Vorteil gewähren würden? Das Kleine ist zugleich das Übersichtliche, das Vernachlässigte ist auch dasjenige, was lange geruht und natürliche Kräfte gesammelt hat, die Abgeschlossenheit mit allen ihren Entbehrungen ist auch jenes Element, das die Eindrücke am tiefsten bewahrt. Die Enge, die Einfachheit ist trotz ihrer Beschränkungen auch eine Schärfung des Willens auf das Eine. Denkt, wenn wir, die wir Frieden und Muße dazu haben, in unserem Innern die Provinzen gewännen, die wir nach außen verloren haben, die Kolonien, die wir nicht erobert haben, die Völker, die wir nicht unterworfen haben? Denkt, wenn wir, denen das Bewusstsein dessen nicht einmal schmerzende Wunden verursacht - es gibt solche böse Wunden unter Ehrenzeichen und Trophäen - unsere starke Moral, unseren Frieden zu mehr verwenden würden, als über eine Sonntagspredigt zu schwätzen oder einander gegenseitig voll Nächstenliebe Belehrungen zu erteilen - politische, soziale, religiöse? Im Moment, wo wir Aufgaben erhielten, würde es geschehen.

Denkt, wenn wir unsere Sendung erfassen würden, die aus unseren besonderen Bedingungen entspringt und unsere Ehre darin sehen. Stolz, dass unser kleines Volk etwas besitzt, womit wir den anderen vorangehen. Stellt euch das vor. Und erinnert euch daran, dass die Geistesfreiheit, d.h. die volle Anwendung der ganzen geistigen Kräfte des Volkes und seine Aufklärung, die unerlässliche Bedingung hierzu ist.

Als ich dieses Stück schrieb, war mein Hauptziel dieses: Die Grenzen der freien Meinungsäußerung zu erweitern. Dasselbe, was ich später auf religiösem, dasselbe, was ich vor kurzem auf sittlichem Gebiet versucht habe. Wenn meine Widersacher meine Charakteristik in wenige Worte fassen wollen, so sagen sie gerne: »er greift Thron und Altar an« *(nebenbei bemerkt bin also nicht ich derjenige, der den Thron voransetzt.)* Ich glaube, dass ich der Geistesfreiheit einen Dienst erwiesen habe und in ihrem Interesse glaube ich heute um die Erlaubnis zu einer Entgegnung bitten zu dürfen.

1. Über die Angriffe auf das Christentum. Es mag vielleicht im Lande der Staatskirche ganz nützlich sein, manchmal in Erinnerung zu rufen, was das Christentum ist. Es ist keine Institution, noch weniger ein Buch, am wenigsten ein Priesterkleid oder ein Obdach. Es ist ein Leben in Gott nach den Lehren und dem Beispiel Jesu.

Möglich, dass es Menschen gibt, die glauben das Christentum anzugreifen, wenn sie die historische Entstehung eines Dogmas untersuchen oder auch dessen Moral - ich denke nicht so. Durch ehrliche Untersuchung kann es nur gewinnen. Das Christentum wird mit oder ohne seinen Dogmenapparat *(und es hat ja immer Christen gegeben, denen das erste wichtig war, das zweite nicht)* im Wesentlichen Jahrtausende nach uns bestehen; es wird immer fromme Menschen geben, die durch seine Kraft zu edlen, manche sogar zu großen Menschen werden. Alle edlen ehre ich. Ich habe unter den gläubigen Christen Freunde, die ich liebe; niemals habe ich auch nur einen Augenblick daran gedacht, ihr Christentum anzugreifen. Ich habe keinen höheren Wunsch, als sie den Versuch machen zu sehen, das eine oder andere in unserer Gesellschaft umzuwandeln.

Aber auf jeden Christen, d.h. jeden, der durch das Christentum zum wahren Menschen geworden ist, kommen hundert, die es nicht geworden sind. Viele von ihnen würden vielleicht die Voraussetzungen besitzen, ebenso vollkommen zu werden, aber auf diesem Wege werden sie es nicht. Was wird aus diesen Hundert? Im besten Fall finden einige von ihnen den Weg zu einer anderen Überzeugung; andere lassen alle fünfe gerade sein, wieder andere sind Selbstbetrüger und suchen und streben, oder sie verdecken und vertuschen oder sie lügen geradezu.

Wenn einer von uns versucht, einen der Gleichgültigen, der Selbstbetrüger, ja selbst wenn es einer der Heuchler und Vertuscher ist, zum Nachdenken und Wählen zu bringen, so rufen die Hirten im Chorus: »Er greift das Christentum an.« Diese Pfütze von Redensarten sollte Christentum sein? Selbst wenn ein Gelehrter sich erdreistet zu untersuchen, z. B. ob Tischendorf das letzte Wort über die Entstehung des Neuen Testamentes gesprochen hat *(und es ist nur allzu sicher, dass er das nicht getan hat)*, selbst damit greift er das Christentum an. Würde sich das Christentum auf eine Grundlage stützen, die als zweifelhaft angesehen werden könnte?

Dieser Lärm über die Angriffe auf das Christentum ist ebenso töricht als feig. Wenn die Christen bei dem Bekenntnis oder der Ausübung ihres Glaubens verletzt werden, dann wird das Christentum angegriffen. Von derartigen Angriffen bin ich aber ein abgesagter Feind.

2. Über die Angriffe auf das Königtum. Das Königtum hingegen ist eine Institution; selbstverständlich ist das Verhältnis hier ein anderes. Das Königtum habe ich angegriffen und will ich angreifen. Aber – und dieses »aber« bitte ich zu beachten.

Kurze Zeit vor der Julirevolution, als ihre ersten Anzeichen sich bemerkbar machten, sprach Chateaubriand mit dem König, der frug, was denn das alles zu bedeuten habe? Das Königtum ist »fertig,« erwiderte der Royalist, denn er war auch Prophet.

Gewiss hat es in Frankreich seither sowohl ein Königtum als ein Kaisertum gegeben. Und wenn dort auch keins mehr entstehen sollte, so existieren sie doch in anderen Ländern und werden Menschenalter nach uns noch bestehen. Aber »fertig« sind sie nichtsdestoweniger; die Kündigung ward ausgedrückt durch die Französische Revolution. Sie gilt nicht überall und für alle zugleich, es sind Termine angesetzt, verschieden für die verschiedenen Länder, die längsten für die Eroberungsreiche. Aber der Republik geht es entgegen und jedes zivilisierte Volk kommt beim ersten, zweiten oder dritten Termin an die Reihe. Es bedarf gewiss weder besonderer historischer oder psychologischer Einsicht, um das zu erkennen. Es ist so weit gekommen, dass selbst Bismarck in Preußen seine Widersacher »Republikaner« nennt und sie beschuldigt, ihm im »republikanischen Geist« entgegenzuarbeiten. Da erklärt alles übrige sich von selbst.

Bei den vorgeschrittenen Völkern hat die Entwicklung eine strenge Gesetzmäßigkeit erreicht. Was geschieht um sie aufzuhalten, beschleunigt sie, was geschieht um sie gewaltsam durchzuführen, hindert sie.

Aus diesem Gesichtspunkte heraus arbeite ich. Könnte das Königtum seine eigene Stellung erkennen, so würde es selbst versuchen, sich dessen zu entledigen, was überlebt ist und dadurch unwahr wirkt und andere zur Unwahrheit zwingt. Es würde damit sowohl seinen Vertretern als der Gesellschaft endlose Plagen und viele Sünden ersparen. Aber diese Selbstreformation wird dem Königtum vom Volk schwer gemacht. Im Stück ist angeführt, warum es der König selten zum Reformator bringt.

Das ist der Inhalt des »Königs«. Vielleicht wird man jetzt sowohl meinen Plan als seine Ausführung loyaler finden, als man sie vor zehn Jahren zu finden imstande war. Vielleicht erscheinen die »Stützen der Gesellschaft«, von welchen der General spricht, nicht mehr so karikaturenmäßig, nachdem Ibsen sie dargestellt hat, sowohl im Stück gleichen Namens, als im »Volksfreund« oder Rielland in »Fortuna«, ja in nahezu allen seinen Büchern. Auch dürfte der »Graue« in den Wolken nicht mehr so unverständlich und Unnatürlich erscheinen, seitdem man die »Gespenster« gelesen und gesehen hat. Vielleicht werden manche glauben, dass ich abgeschwächt habe, andere, dass ich aktueller gestaltet habe. Nein, ich habe es stehen lassen, wie es stand. Hier und dort habe ich ein wenig verbessert. Das ist alles. So habe ich aus technischen Gründen den Straßenauflauf etwas breiter ausgeführt. Ferner habe ich das vierte Zwischenspiel eingefügt, dessen Idee mir zugleich mit dem Stück gekommen war oder vielmehr etwas früher, das ich aber erst ein paar Jahre später schrieb.

Ist ein Geisteswerk den nordischen Verhältnissen entsprungen und steht vor dem moralischen Richterstuhl – lasst es zur vollen Wirkung gelangen; sonst kommt auch nicht die volle Gegenwirkung. Ist das Ideal nicht das stärkste der Gesellschaft, dann kommt eine Gegenarbeit, die stärker ist. Dabei gewinnen alle. Wenn man ihm aus dem Wege geht und versucht es zu vernichten – so kann das in einem großen Gemeinwesen nicht viel daran oder dazu tun; die Möglichkeiten, dass etwas anderes an seine Stelle tritt, sind so reich; aber in einem kleinen Gemeinwesen kann es leicht dasselbe bedeuten, als risse man sich ein Auge aus.

Wenn es nun aber gerade das kleine Gemeinwesen wäre, welches das Königtum am ehesten zeitgemäß umformen könnte? Es von jenen Erbteilen reinigen, die das Gefühl des Volkes verletzen, von jenen Ansprüchen, die zum Unglück geworden sind?

Es ist so. Die ausgeglichenen Verhältnisse des kleinen Gemeinwesens, die geringeren ökonomischen Mittel, die schärfere Kontrolle, das strengere Gefühl für Wahrheit haben ihm diese Aufgabe auferlegt. Und ebenso hundert andere.

Lösen wir sie, so winkt uns eine Zukunft, um die uns die größten Völker beneiden können; lösen wir sie nicht, so verlieren wir unser Recht auf ein selbständiges Leben, – ja allmählich auch die Lust dazu.

Jene, welche das noch nicht sehen können oder es trotz allem leugnen – können doch darüber nicht im Irrtum befangen sein, dass wir ein Ziel und eine Moral haben, die Achtung verdienen.

Da versteht es sich von selbst, dass sie uns eine gebührende Stellung im Kampfe einräumen müssen, wenn sie Achtung verdienen wollen.

Paris, im Oktober 1885.

Bjornstjerne Björnson.

Der König.

Ein Schauspiel in vier Akten und einem Vorspiel von

Björnstjerne Björnson.

Vorspiel.

(Die Musik beginnt, noch ehe der Vorhang aufgeht. Eine große, gotische Halle in festlicher Beleuchtung. Ein Maskenball. Im Hintergrund wird ein Ballett aufgeführt. Noch ehe dasselbe zu Ende ist, treffen zwei weibliche Masken im Vordergrund rechts zusammen.)

Erste Maske Weißt du, dass der König hier sein soll?

Zweite Maske Ja – und seitdem ich es weiß, glaube ich ihn überall zu sehen.

Erste Sollte es dieser hier sein?

Zweite Der König ist größer.

Erste Aber jener? Sieh' jenen dort!

Zweite Der hat mit mir gesprochen. Er hat eine kalte, spröde Stimme.

Erste Sollen wir versuchen ihn zu finden?

Zweite Ja, komm! *(Eine Schar weiblicher Masken, alle im selben Kostüm, haben sich allmählich links gesammelt.)*

Erste Sind wir jetzt alle versammelt?

Zweite Mathilde fehlt.

Mathilde*(im selben Kostüm wie die übrigen)*. Hier bin ich. Wisst ihr, dass der König hier sein soll?

Alle Ist es möglich?

Mathilde Ich kenne seine Maske nicht, aber ich habe es von einem der Veranstalter des Festes erfahren.

Mehrere Der süße König! *(Kater Murr und sein Miezchen kommen dazu.)*

Kater Murr Hörst du, traute Miez?

Miezchen Miau.

Mathilde Sollen wir nicht versuchen, ihn ausfindig zu machen?

Alle Ja, ja!

Zweite Maske Und wenn wir ihn entdeckt haben?

Alle Um ihn herumtanzen.

Kater Murr Jetzt nimm deine Tugend gut in Acht, Miezchen!

Miezchen Miau.

Kater Murr Miau. *(Beide ab.)*

Mathilde Vergesst nicht, dass wir uns dann wieder in einer Ecke zusammenfinden müssen.

Alle Ja *(Sie zerstreuen sich.)*

(Das Ballett geht unter allgemeinem Beifall zu Ende. Man plaudert, die Konversation wird belebt. Dann ein Trompetenstoß und ein Vorhang im Hintergrund geht auf., Man erblickt ein lebendes Bild, eine holländische Schützengilde nach einem berühmten Gemälde darstellend. Die Musik spielt das holländische Nationallied. Lebhafter Beifall. Dann allgemeiner Tanz, der bis zum Ende des Vorspiels fortgesetzt wird.)

(Eine ältere Damenmaske von einem Esel geführt.)

Die Dame Das verzeihe ich Ihnen niemals, Kammerherr.

Esel Sie erschrecken mich so sehr, dass ich noch ganz aus meiner Rolle fallen werde, Baronin.

Baronin Wenn ich nur begreifen könnte, wie es zuging.

Esel Sie können doch nicht, beste Baronin, alle Lehrerinnen und erwachsenen Schülerinnen des Institutes an einem Bändchen mit sich führen.

Baronin Nein, aber ich habe meine Gründe, gerade über sie wachen zu wollen. *(Sie sieht sich fortwährend nach allen Seiten um.)* Und in diesem großen Menschenstrom – – – – –

Esel Wir stürzen uns mutig hinein! *(Er stößt ein Eselsgeschrei aus, während sie abgehen.)*

(Ein Herr und eine Dame im Kostüm Louis XV.)

Die Dame – – wenn der König in Geist und Schönheit strahlt, dann darf er alles tun.

Der Herr Alles, Prinzessin?

Dame Was Geist in Schönheit verklärt, ist erlaubt.

Ein Kavalier*(In der Tracht derselben Zeit)*. Ich kann ihn nicht entdecken, Königliche Hoheit.

Dame Aber er ist hier. Er ist hier. Und einer Dame wegen. Ich bin meiner Sache vollkommen sicher.

Herr Aber ich sprach mit einem der Veranstalter des Festes. Und er wusste von nichts.

Dame Bestellten Sie ihm einen Gruß von mir?

Herr Ja.

Dame Dann wird er nicht eingeweiht sein.

Herr Aber, Eure Königliche Hoheit - - - - -

Dame Nicht so viele »Königliche Hoheiten,« wenn ich bitten darf. Aber verschaffen Sie mir eine Beschreibung seiner Maske.

(Der Kavalier verbeugt sich und geht)

Und wir setzen unsere Jagd fort - -

Herr - - auf den großen Jäger.

Dame - - der selbst auf der Jagd ist. *(Sie geht nach vorne, bleibt plötzlich stehen.)*

Wer ist das? *(Eine weibliche Maske, als Landmädchen gekleidet, gefolgt von einem Domino, der über ihre Schulter auf sie einspricht. Man sieht das Mädchen nach allen Seiten spähen.)*

Domino - - - und dort in dem verzauberten Schloss, weit drinnen im hochstämmigen Park - -

Landmädchen Verlassen Sie mich!

Domino - - - dort grüßt uns eine Nymphe mit plätscherndem Wasserstrahl, die den Becher der Freude hoch über ihrem Haupte schwingt - - -

Landmädchen*(ängstlich)*. Wo kann sie nur geblieben sein. *(Eine der weiblichen Masken von früher ist den beiden gefolgt und kehrt jetzt gleichzeitig mit mehreren andern zurück. Sie weist auf den Domino und sagt gleichzeitig mit den letzten Worten des Mädchens:)*

Dort ist der König!

Eine andere Aber wer ist sie?

Domino - - - kühle Laubengänge zu beiden Seiten, mit Pforten, die zu dunklen Gemächern führen und dort - -

Landmädchen(*sich umwendend*). Ich verachte Sie! (*Tanz und Musik sind gerade im selben Moment zu Ende. Große Bestürzung. Die Damen sammeln sich um die beiden.*)

Baronin(*hört die Stimme des Mädchens und stürzt nach vorne*). Klara!

Domino(*hat des Landmädchens Hand ergriffen und zieht sie ganz in den Vordergrund*). Wissen Sie auch, wen Sie verachten?

Landmädchen(*in höchster Erregung*). Ja, ich weiß, wer Sie sind und darum aus dem tiefsten Grunde meines Herzens: ich verachte Sie! (*Die Musik fällt ein und malt die allgemeine Bestürzung, die sich ausbreitet.*)

Mehrere(*drängen nach dem Vordergrund*).

Baronin(*ganz vorne*). Klara! (*Das Landmädchen wirft sich weinend an ihre Brust.*)

Der Vorhang fällt.

Erstes Zwischenspiel.

(Beim Fallen des Vorhangs beginnt eine geheimnisvolle leise Musik; der Vorhang geht wieder in die Höhe und zeigt eine von weißen Wolken verhangene Gegend, die von der Sonne allmählich verdrängt werden; links sind drei Genien sichtbar, die von einer wolkenumlagerten Höhe in das Luftmeer aufsteigen.)

Die drei Genien: Während sie froh im Tanze sich schwingen,
Voll edlen Zorns jene Worte erklingen,
Weit durch den Raum erschallend,
Millionenfach widerhallend:
Jubel, Jubel, Sieg-Fanfaren,
Geisterscharen
Durch die Lüfte gleißend ziehn.
Und der Bund der Bösen zittert
Ob der Freud', die sie erschüttert.
All der Lenze brausend Werden
Bebt nun wieder durch den Raum,
Wie ein mächt'ger Frühlingstraum,
All die Keuschheit, die gelitten,
All die Tugend, die gestritten,
Jauchzt des Siegs, den sie errungen,
Jauchzt der Seele, die bezwungen,
Ewig wachsen ihre Reiche,
Ewig muss der andre weichen.

Sie, die stritt, konnt' bloß erlauschen,
Innrer Stimmen mächtig' Rauschen.
Ohne Ahnung, welche Welt
Sich der ihren hat gesellt.
Heißes Bangen ist die Saat,
Tiefes Sehnen weist den Pfad,
Nur in Lust und qualvoll Ringen
Kann der Geist den Geist durchdringen.

Unsichtbarer Chor*(ringsum)*:
Kann der Geist den Geist durchdringen.

Die drei Genien: Der Geister Schar die Welt umfließt,
Wie Lüfte, die den Erdball säumen.
In der Gedanken erstes Keimen
Sich unbewusst ihr Walten gießt.

Unsichtbarer Chor*(ringsum)*:
Der Geister Schar die Welt umfließt

Die drei Genien: Nun zu ihm!
Deutlich sprach es eine Stimm',
Dass ein Funke ihrer Pein
Schlug nun ein.
Wenn wir blasen:
Funken sprühen.
Knistern, glühen,
Auf zum Brand mit mächt'gem Rasen!

Der unsichtbare Chor: Auf zum Brand mit mächt'gem Rasen!

Die drei Genien: Du willst löschen, bläst ins Licht,
Doch die Flamme löschst du nicht.
Hoffe nicht, uns zu besiegen!
Da Millionen dich bekriegen,
Die mit Macht die Flamme fachen,
Spott zum Wundgenossen machen!
Erst wenn tiefster Qualen Brand
Dich versehret, übermannt,
Sich in Wahn dein Leid gewandt,
Da erst wird aus tiefsten Gründen
Unsre Stimme sich dir künden.
Wir sind der Eumeniden Schar,
Tiefstes Leid unsern Schwur gebar.

Unsichtbarer Chor: Wir sind der Eumeniden Schar.

Die drei Genien: Tiefstes Leid unsern Schwur gebar.

Unsichtbarer Chor: Wir sind der Eumeniden Schar.

Erster Akt.

Erste Szene.

Eine Generalversammlung einer Eisenbahnaktiengesellschaft findet in einem großen Saal mit nackten Wänden statt. Einige Embleme und einiges Werkzeug weisen darauf hin, dass derselbe in einer Fabrik gelegen ist. Links, etwas weiter im Hintergrund steht ein erhöhter Rednerstuhl. Gerade ihm gegenüber sitzen die Honoratioren. Die übrigen Anwesenden stehen. Die großen Fenster rechts sind offen und man sieht draußen eine große Menschenmenge. Der Saal ist dicht gefüllt mit Menschen; die Mehrzahl der Anwesenden sind Bauern oder Arbeiter.

Fabrikant Gran*(links, vor dem Rednerstuhl)*. – – Die große Eisenbahnlinie konnte also nicht zu uns einbiegen und da alle unsere dahingehenden Versuche gescheitert waren, kamen wir überein, auf eigene Kosten eine Zweigbahn zu bauen. Mir wurde die Ehre zuteil, Präsident des Verwaltungsrates zu werden.

Niemals hat eine Verwaltung größere Vollmacht gehabt, als die unsere. Das kam wohl daher, dass in Bezug auf die zu wählende Linie volle Einmütigkeit herrschte. Die Natur selbst hatte sie abgesteckt. Erst als mit dem Einkauf der Wagen begonnen werden sollte, entstand Uneinigkeit, nicht unter den Leitern des Unternehmens, sondern unter den Aktionären, Da die meisten Bauern und Arbeiter sind, hatten wir beschlossen, eine einzige Sorte Wagen einzukaufen und zwar etwas bequemere als die jetzigen dritter Klasse. Das ist unser ganzes Verbrechen. Was man in diesen Plan alles hineingelegt hat, werden wir vielleicht heute zu hören bekommen.

Wir müssten niemanden zur Beratung zuziehen. Unsere Vollmacht ist unbeschränkt. Dessen ungeachtet haben wir beschlossen, die Aktionäre einzuberufen und uns ihrem Urteilsspruch zu unterwerfen. Ich danke im Namen des Verwaltungsrates für ihr zahlreiches Erscheinen. Jung und Alt, Männer und Frauen sehe ich vor mir, vielleicht ein Drittel aller, die an dem Unternehmen beteiligt sind!

Ich bitte die geehrte Versammlung jetzt den Vorsitzenden zu wählen. *(Er setzt sich.)*

Vogt*(nach einer Pause)*. Ich schlage vor, dass die höchste Obrigkeit dieses Bezirks, welche, wie ich mit Freuden sehe, die Versammlung mit ihrer Anwesenheit beehrt, auch die Güte haben möge, den Vorsitz anzunehmen. *(Schweigen.)*

Gran Der Vorschlag lautet also, dass der Herr Amtmann den Vorsitz einnehmen möge. Genehmigt die Versammlung denselben? *(Schweigen.)*

Vogt Ja. *(Gelächter.)*

Gran Zum Vorsitzenden wird wohl am besten jemand gewählt, von dem man annehmen kann, er stehe über den Parteien.

Alstad*(erhebt sich halb mit der Brille in der Hand)*. Da werden wir wohl von weither einen Mann holen lassen müssen, denn hier finden wir gewiss keinen einzigen mehr. *(Er setzt sich. Gelächter)*

Pastor Alle Obrigkeit ist von Gott eingesetzt. Indem wir der Obrigkeit gehorchen, gehorchen wir Gott. Aber der Gehorsam, der fällt freilich unserer Zeit sehr schwer.

Gran Aber wir sollen ja unsere Obrigkeit gerade erst wählen. Wir haben doch noch keine.

Pastor Ja, so ist das jetzt! Jede Versammlung glaubt heutigen Tages selbst ihre Obrigkeit zu sein. Aber lasst uns der wirklichen Obrigkeit Ehrfurcht erweisen, die Ehrfurcht, die wir unserm Vater im Himmel erweisen. *(Setzt sich.)*

Gran Somit scheint der Herr Amtmann, wenn ich recht verstanden habe, von zwei Aktionären in Vorschlag gebracht?

Pastor Ja.

Gran Hat jemand zu diesem Punkt einen anderen Vorschlag zu machen? *(Stille.)*

Alstad Darf ich also den Herrn Amtmann bitten, den Vorsitz einzunehmen.

Amtmann Es ist mir nicht gerade angenehm, auf diese Weise gewählt zu werden und ich nehme den Vorsitz nur an, damit die Sache ein Ende hat. *(Besteigt den Rednerstuhl und gibt ein Glockenzeichen.)*

Ich erkläre die Versammlung für eröffnet.

Gran(*erhebt sich*). Herr Vorsitzender!

Vorsitzender Herr Gran hat das Wort.

Gran Der Verwaltungsrat bringt also in Vorschlag: Es ist nur ein Sorte von Wagen, etwas komfortabler ausgestattet als die gegenwärtig üblichen Wagen dritter Klasse, einzukaufen. *(Er überreicht dem Vorsitzenden den schriftlichen Vorschlag und nimmt seinen Platz wieder ein.)*

Vorsitzender(*nimmt die Schrift entgegen*). – Dieser Vorschlag wird also der Entscheidung der Versammlung unterbreitet. *(Er liest ihn durch.)*

Wer wünscht hierzu das Wort? *(Stillschweigen.)*

Ja, jemand muss es wohl verlangen, sonst bringe ich den Vorschlag sogleich zur Abstimmung. *(Schweigen, hier und dort wird gelacht.)*

Pastor Herr Vorsitzender!

Vorsitzender Der Herr Pastor hat das Wort.

Pastor Ich sehe in der Versammlung viele junge Menschen, ja selbst Frauen. Ich erlaube mir die Frage, ob diese jungen Menschen, ja sogar die Frauen an den Verhandlungen teilnehmen sollen?

Vorsitzender Jeder mündige Aktienbesitzer hat das Recht dazu.

Pastor Aber Paulus sagt ausdrücklich, dass Frauen nicht sprechen sollen in der Versammlung.

Vorsitzender Nun, – dann können sie ja schweigen.

(Man lacht.)

Pastor Ja, auch nur das Stimmrecht auszuüben bei einer Versammlung von Aktionären einer Eisenbahnunternehmung, entspricht nicht der Demut und Zurückhaltung, in die Natur und Schrift das Weib gewiesen haben. Es scheint nur, dass wir hier auf einem falschen Wege sind. Der Apostel sagt – –

Vorsitzender Wir müssen es den Beteiligten selbst überlassen, das zu entscheiden. Wünscht jemand das Wort?

Pastor(*unterbrechend*). Wenn es mir schon nicht gestattet wird, den Apostel zu zitieren, so will ich doch noch sagen, dass ein junger Mensch, der gegen seinen Vater, ein Weib, das gegen ihren Gatten stimmt – –

Vorsitzender Ich möchte wissen, wer ihnen das verbieten könnte?! Wünscht jemand – –

Pastor(*einfallend*). Die Bibel, Herr Vorsitzender, die Heilige Schrift, die hoch über uns allen steht, selbst – – –

Gran *(erhebt sich, unterbrechend).* Herr Vorsitzender!

Vorsitzender Herr Gran hat das Wort.

Gran Ich möchte nur die Anfrage stellen, ob – –

Pastor Aber ich habe ja das Wort.

Vorsitzender Herr Gran hat das Wort.

Pastor Dagegen muss ich protestieren.

Alstad *(erhebt sich halb mit der Brille in der Hand).* Herr Pastor, leisten Sie Ihrer Obrigkeit Gehorsam!

Pastor Nicht, wenn sie ungerecht ist. Ich appelliere an die Versammlung.

Vorsitzender Gut! Diejenigen, welche meinen, dass dem Herrn Pastor das Wort gebührt, mögen sich erheben, diejenigen, welche – *(er hält inne. denn niemand erhebt sich und die Stehenden ducken sich. Gelächter.)*

Vorsitzender Einstimmiger Beschluss: Der Herr Pastor hat nicht das Wort. *(Der Pastor setzt sich.)* Herr Gran hat das Wort.

Gran *(sich erhebend).* Ich verzichte darauf. *(Neuerliches Gelächter.)*

Vogt Herr Vorsitzender!

Vorsitzender Der Herr Vogt hat das Wort.

Vogt Ich gehöre zu der großen Zahl jener, die den Vorschlag des Eisenbahnverwaltungsrates – gelinde gesagt – merkwürdig gefunden haben.

Sollen wirklich, meine Damen – ich spreche nicht von mir, denn ich als Polizeibeamter bin gezwungen, mich in mancherlei Gesellschaft aufzuhalten – aber sollen Damen, wohlerzogene Damen mit allem möglichen Pöbel zusammenfahren, mit Verbrechern, die in die Gefängnisse der Hauptstadt gebracht werden, mit »wandernden Handwerksburschen«? Soll Seine Hochwohlgeboren, der Herr Amtmann, Kommandeur des höchsten Ordens Seiner Majestät, Seite an Seite fahren mit einem trunkenen Grubenarbeiter? Falls Seine Majestät diese an Naturschönheiten reiche Gegend besuchen will, – die ja berühmt geworden ist, seitdem die vornehme Gesellschaft der Hauptstadt hier ihre Sommerhäuser hat und seitdem die großen Fabriken angelegt worden sind, – soll Seine Majestät auch in einem Bauernwagen hierher kommen, vielleicht gar in Gesellschaft einiger nach altem Käse stinkender Zwischenhändler? In einem Wagen mit Volk, das unterwegs – – ja, ich weiß nicht, ob ich in Ansehung der

Anstandsrücksichten weitergehen darf, es sind ja Damen zugegen. *(Gelächter.)*

Ersparungsrücksichten! ruft man. Ein Lieblingswort heutzutage. Darf ich fragen, ob es wirklich eine Ersparnis sein kann, seine Kleider beschmutzen zu lassen? *(Gelächter.)* Nützt sich ein Waggon erster Klasse schneller ab als ein Waggon dritter Klasse? Die höheren Herstellungskosten werden ja durch die höheren Preise gedeckt.

Ich finde keinen plausiblen Grund für diesen Vorschlag, von welcher ökonomischen Seite ich ihn auch betrachten mag. Ich müsste auf seine politische Seite eingehen, um ihn zu erklären – und das möchte ich ungern.

Ich schließe also nur mit der Bemerkung, dass jenen, von welchen der Vorschlag ausgeht, wohl selbst ein Vorteil daraus erwachsen müsste. Die Eisenbahn hätte allerdings keinen dabei. *(Er setzt sich)*

Vorsitzender Die letzten Worte des Redners kamen einer Verdächtigung so nahe – –

Vogt Ich deutete nur an, was ohnehin alle anderen denken.

Vorsitzender Es gebührt sich unbedingt nicht, Verdächtigungen auszusprechen, selbst wenn man voraussetzt, dass alle die eigene Meinung teilen. – Herr Alstad hat das Wort. *(Man hat während der Rede des Vogtes gesehen, dass Alstad sich zum Wort meldet.)*

Alstad Die menschliche Natur ist schwach. Darum begreife ich auch, dass Vorschläge wie der vorliegende vorgebracht werden können.

Aber aufrichtig gesprochen – denn wir sollen ja alle aufrichtig sein – was durch einen derartigen Vorschlag auf der einen Seite gewonnen wird, wird in der Achtung der Besseren eingebüßt. *(Unruhe.)*

Es ist mit den Fabriken und den fremden Arbeitern und den Sommergästen sehr viel Neues zu uns gekommen. Niemals gab es früher diese Aufwiegelei und nie war von dieser Art von Gleichheit die Rede. Soll jetzt der Schein hervorgebracht werden, als gäbe es hier im Ort nur eine Klasse, und das sei die dritte, so werde ich nicht der einzige unter den Bauern sein, der damit unzufrieden ist. Wir wollen unseren Arbeitern gewiss nicht auf dem Nacken sitzen, aber wir wollen auch nicht, dass sie uns auf dem Nacken sitzen. *(Er setzt sich.)*

Gran Wir sind gewöhnt, die Loyalität des Vogtes überall, hervortreten zu sehen. Dass er aber auch heute den König ins Spiel gebracht hat, hat mich wirklich überrascht. In welchem Wagen solch ein hoher

Herr zu uns kommen sollte? Nun - sind ihm unsere Wagen nicht gut genug, so kann man ja seinen Salonwagen vom Hauptgleis herüberkommen lassen. Jene anderen von uns gewöhnlichen Sterblichen, die die Gesellschaft schlichter Leute aus dem Volke scheuen, können sich ja in bestimmten Wagen zusammensetzen. Die Wagen sind ja getrennt. Sie sind nur alle von derselben Art. Der Zudringlichkeit der Bauern wird man sich selten zu erwehren haben. Unsere Bauern sind eher misstrauisch - mehr als wünschenswert. Bei allen kleineren Eisenbahnen *(vielleicht auch bei vielen großen)* tragen die einfachen Wagen, die Wagen zweiter oder dritter Klasse, die Kosten der eleganten. Die dritte Klasse ist es, welche die erste erhält. Aber dass jemand auf Kosten derer bequem fährt, die selbst unbequem fahren, das wollen wir nicht zugeben. *(Beifall.)* Ein alter Gemeinderat und Bauersmann beschuldigt uns, alle Sitten und Gebräuche zu bedrohen. Nun, wenn der Brauch der großen Herren, den Unterschied zwischen Arbeitgeber und Arbeitnehmer noch größer zu machen, als er ohnehin schon ist - wenn der alt ist, dann trachte man, ihn so rasch als möglich aus der Welt zu schaffen, denn er ist nicht gut, er ist sogar gefährlich. *(Unruhe.)* Und was die Politik betrifft -

Vorsitzender Sollten wir die nicht aus dem Spiel lassen?

Gran*(lächelt und verbeugt sich)*. Das wollte ich gerade sagen, Herr Vorsitzender, dass wir wohl am besten tun, sie aus dem Spiel zu lassen. *(er setzt sich. Beifall und Gelächter in der Versammlung. Erst beginnen die jungen Leute, dann auch die Bauern laut und lauter untereinander zu sprechen.)*

Vorsitzender Ich muss die Versammlung ersuchen, sich ruhig zu verhalten, solange die Verhandlungen dauern. - Der Herr Vogt hat das Wort.

Vogt Ja, ich bin loyal.

Vorsitzender Ich bitte die Außenstehenden, sich ruhig zu verhalten.

Alstad*(der in der Nähe des Fensters sitzt)*. Ihr sollt ruhig sein! *(Es wird still.)*

Vogt Ja, ich bin loyal. Ich setze meine Ehre als Gemeinderat darein, Seiner Majestät zu zeigen, dass wir, als wir die erste Schiene legten, zu allererst an den großen Augenblick dachten, da es Seiner Majestät gefallen würde, uns die Ehre eines Besuches erweisen zu wollen. »Lasst ihn seinen eigenen Wagen benutzen,« antwortet man uns. Nein, Herr Vorsitzender, so antwortet man nicht, wenn von Seiner Majestät die Rede ist. Und Seiner Majestät Gefolge, soll das in die

Bauernwagen? Ich sage, es heißt Seine Majestät missachten, wenn man seine Wagen missachtet, - sein Gefolge, will ich sagen. Ich sage noch mehr. Ich sage, dass Seiner Majestät Beamte hier Seine Majestät repräsentieren, und dass sie missachten unseren allerhöchsten Landesherrn missachten heißt. Ich weiß, dass viele Ohren das nicht gerne hören, denn ein Beamter soll ja heutzutage nicht in höherer Achtung stehen als jeder andere. Die große Masse regiert und die denkt nur an sich und ihre Schmeichler. Aber auch hier, gibt es eine kleine Zahl, die die Bürde ihres Amtes trägt und seine Ehre repräsentiert und man wird uns niemals hinunterdrängen in die Gleichheitspfütze, in der jetzt alle untertauchen sollen. *(Unruhe.)* Ja, Volksgunst, Herr Vorsitzender - - -

Vorsitzender Der geehrte Redner scheint mir in die Politik geraten zu sein.

Vogt Das ist möglich, Herr Vorsitzender, aber welcher biedere Mann kann auch mit der Wahrheit zurückhalten. Vergleichen Sie die jetzigen Verhältnisse in dieser Gegend mit denen früherer Zeiten, da alles hier so friedlich war, der König und sein Beamter geachtet und da die regierten, die regieren konnten. Wir hatten damals Sängerfeste, Schützenfeste und andere festliche Zusammenkünfte und ja - vergleichen Sie, sage ich, jenen Zustand mit dem jetzigen, das heißt allen jenen Veranstaltungen, denen sie das Wort »Volk" vorsetzen - - -

Vorsitzender Wir sprechen von den Eisenbahnwagen.

Vogt Ganz recht. Aber worin hat ein derartiger Vorschlag seine Wurzel, Herr Vorsitzender? Ist das nicht der Ausfluss jener niederreißenden Tätigkeit, jener Gleichmacherei, deren Trachten dahin geht, den König abzusehen, die Autorität nieder - -

Pastor Auch die Kirche, Teuerster!

Vogt - - Auch die Kirche, sehr wahr. Ja, denn sie wollen Kirchen haben und - -

Vorsitzender Wir sprechen von den Eisenbahnwagen.

Vogt Jawohl. Aber ein alter Beamter, der früher in hohem Ansehen stand in der Gemeinde, der die Stützen der Gesellschaft wanken sieht, der tiefsten Schmerz empfindet, wenn - -

Vorsitzender Zum letzen Mal: Wir sprechen von den Eisenbahnwagen.

Vogt*(sehr erregt)*. Ich habe nichts mehr zu sagen.

Vorsitzender Herr Alstad hat das Wort.

Alstad*(erhebt sich)*. Ich will mir zunächst erlauben, meinem alten Freund, dem Vogt, recht herzlich zu danken. Er hat mir aus der Seele gesprochen. Ich verstehe auch die anderen sehr gut. Denn ich bin auch einmal jung gewesen und habe von Freiheit und Gleichheit und Selbstregierung geredet und wie das sonst noch heißen mag. Aber damals war ich jung und ich tat es, um dabei zu sein, wenn man Opposition machte, wie das genannt wurde – –

Flink*(in der Menge)*. Das war nett.

Vorsitzender Keine Unterbrechung!

Vogt*(erhebt sich, um zu sehen, wer der Zwischenrufer war)*.

Alstad Ja, wir sind alle schwache, verkrüppelte Menschen. Aber das Leben biegt uns gerade. Man verzichtet dann auf die Redensarten und nimmt die Wirklichkeit – – –

Flink Und die Orden!

Vogt*(erhebt sich abermals, um zu sehen, wer es war)*.

Vorsitzender Ich lasse den Zwischenrufer entfernen.

Alstad Die vorliegende Sache ist geringfügig. Aber die weiteren Folgen, die fürchte ich. Was kann an Vorschlägen dieser Art nicht noch alles gebracht werden? Unsere Gemeinde aber soll nicht mit diesen Gleichmachereien vorangehen, es wäre schade um ihren guten Ruf, den sie von alters her besitzt. Eins möchte ich noch sagen. Wir sahen es bisher immer als eine Ehre und ein Glück an, den reichsten Mann des Landes in unserer Mitte zu haben. Wenn aber gerade er mit dieser Art von »volksfreundlichen" Vorschlägen hervortritt, dann wird das für mich, für mich wenigstens so unverständlich, dass – aber ich will nicht wieder etwas aussprechen, was der Herr Vorsitzende eine Verdächtigung nennen könnte, ich setze mich wieder und schweige. Das wird mir wohl gestattet sein. *(Setzt sich)*.

Vorsitzender Herr Gran hat das Wort.

Flink Es lebe Herr Gran! *(Beinahe alle Anwesenden brechen in Hochrufe aus, der Vorsitzende ermahnt mit erhobener Stimme zur Ruhe und gibt mehrmals vergebens das Glockenzeichen.)*

Vorsitzender*(als wieder Ruhe eingetreten ist)*. Ich bitte die Versammlung, ihren Vorsitzenden zu respektieren, andernfalls verlasse ich diesen Platz. – Herr Gran hat das Wort.

Gran Es ist hier durchaus nicht von einem neuen System die Rede. Es besteht schon lange genug. In Amerika – –

Pastor, Alstad und mehrere andere Ja, Amerika!

Vogt*(erhebt sich)*. Herr Vorsitzender, wollen Sie es wirklich zugeben, dass Politik in die Diskussion einbezogen wird.

Vorsitzender Ich kann nicht einsehen, inwiefern die Nennung von Amerika schon Politik sein sollte.

Vogt Was ist Politik, wenn Amerika keine ist?

Vorsitzender Das gehört z. B. zur Politik, was Sie, Herr Vogt, früher vorbrachten. – Herr Gran hat das Wort.

Gran Ich sehe, dass der Herr Pastor das Wort wünscht, und verzichte gerne zu seinem Gunsten.

Vorsitzender Der Herr Pastor hat das Wort.

Pastor Ich sehe viele in der Versammlung, zu denen ich von heiligerer Stelle zu sprechen gewohnt bin. Meine geliebten Pfarrkinder, um Euretwillen bin ich hierhergekommen! Ihr hört es ja selbst: es handelt sich um nichts als Politik. Aber, meine Geliebten in Christo, der Politik sollt Ihr Euch ferne halten. Hat nicht der Herr selbst gesagt: Mein Reich ist nicht von dieser Welt. Die Freiheit, die Gleichheit, von der hier die Rede ist, ist nicht die innere Freiheit, die Gleichheit vor – – –

Vorsitzender Ich muss den geehrten Redner bitten, diese Ausführungen zu verschieben, bis er wieder die Kanzel betritt, *(Halb unterdrücktes Gelächter.)*

Pastor Man wartet nicht mit dem, was einzig nottut, dieweil – –

Vorsitzender Ich verbiete Ihnen fortzufahren.

Pastor Es steht geschrieben, du sollst Gott mehr gehorchen als den Menschen. Meine geliebten Pfarrkinder, lasst uns alle diese Stätte verlassen. Wer folgt seinem Priester? *(Er tut ein paar Schritt, niemand folgt ihm. Gelächter.)*

Pastor Ach, ach.

Vorsitzender Wenn niemand mehr das Wort wünscht – – –

Binaeger Herr Vorsitzender.

Vorsitzender Herr Binaeger hat das Wort.

Binaeger Diese Verhandlungen gemahnen mich an China, an die chinesischen Mandarinen, die einem gewöhnlichen Sterblichen nicht erlauben, sie zu berühren.

Sie weisen mich aber auch auf Europa hin, auf eine wunderliche Missgeburt, noch absonderlicher als die Ungeheuer des Morgenlandes, auf die Missgunst der Demokraten, die anderen nicht gönnen, was sie selbst nicht besitzen.

Um beide Teile zufrieden zu stellen, erlaube ich mir folgenden Vorschlag vorzubringen. Man lasse Wagen mit zwei Stockwerken bauen *(wie das häufig auch anderweitig geschieht.)* So kann man die zufriedenstellen, die abgesondert sitzen wollen, sie können nämlich oben sitzen, aber auch die anderen, denn sie können doch in demselben Wagen sitzen. *(Lebhafte Heiterkeit.)*

Vorsitzender Wenn niemand mehr das Wort verlangt *(ersieht auf Gran, der den Kopf schüttelt)*, so bringe ich die Sache zur Abstimmung. Es liegt der Vorschlag des Verwaltungsrates vor, welcher lautet.

Vogt Ich bitte um Entschuldigung, mein Vorschlag betreffs eines Wagens für Seine Majestät - -?

Vorsitzender Ich habe Ihre Worte nicht so aufgefasst, als ob damit ein Antrag gestellt sein sollte.

Vogt O ja!

Vorsitzender So werde ich ihn nach dem Vorschlag des Verwaltungsrates zur Abstimmung bringen.

Vogt Ein Vorschlag, der den König betrifft, geht allen anderen vor.

Vorsitzender Auch der König steht unter dem Gesetz der Logik. Der Vorschlag des Verwaltungsrates lautet: »Es ist nur eine Sorte Wagen, etwas komfortabler ausgestattet als die jetzt üblichen Wagen dritter Klasse, einzukaufen.« Jene Anwesenden, welche diesem Vorschlage zustimmen, mögen gefälligst nach links herübertreten, hierhin - Jene, welche ihm nicht zustimmen, mögen nach rechts treten. *(Fast alle treten nach links. Man hört draußen Hochrufe. Nach und nach stimmen auch die Anwesenden im Saale ein.)*

Vorsitzender*(gibt das Glockenzeichen)*. Ich bitte um Ruhe. *(Die Rufe verstummen, aber ein allgemeiner, lebhafter Meinungsaustausch beginnt.)*

Vogt*(schreiend)*. Es haben nicht alle die Abstimmung verstanden.

Vorsitzender*(entschieden)*. Ich muss um Ruhe bitten! *(Es wird still.)* Was sagten Sie, Herr Vogt?

Vogt Ich sage, dass man die Abstimmung missverstanden hat, denn ich sehe meine Tochter Natalie, die auch Aktionärin ist, auf der anderen Seite stehen. Sie hat natürlich falsch verstanden.

Natalie O nein, Vater, keineswegs. *(Gelächter. Beifall.)*

Pastor Ach, ihr meine verirrten Schäfchen, ich will für euch beten.

Vorsitzender Ruhe! – Der Vorschlag des Herrn Vogtes – –

Alstad Ich möchte dem Herrn Vogt empfehlen, seinen Vorschlag zurückzuziehen. Wir wissen ja ohnehin, welches Schicksal ihm in einer Versammlung wie dieser zuteilwerden würde.

Vorsitzender Solange ich Vorsitzender der Versammlung bin, dulde ich keine höhnende Äußerung über dieselbe. – Besteht der Herr Vogt auf der Abstimmung über seinen Antrag ? *(Flüstert ihm zu.)* Sagen Sie doch: nein

Vogt Nein.

Vorsitzender Da niemand mehr das Wort verlangt, erkläre ich die Versammlung für geschlossen. *(Die Anwesenden verlassen Ihre Plätze und beginnen lebhaft zu reden.)*

Alstad*(zu seinem Sohn Wilhelm)* Du unterfängst dich mit diesen, mit diesen – – Amerikanern zu stimmen, gegen deinen alten Vater, wie?

Wilhelm Höre, Vater, es schien mir wirklich – – –

Alstad Ja, wart' du nur, bis wir zu Hause sind!

Wilhelm So? Nun, dann gehe ich nicht nach Hause. Dann bleibe ich hier und trinke mir einen Rausch an.

Alstad Nun, nun!

Wilhelm Ja, das werde ich tun. Ich bleibe hier und trinke mir einen Rausch an.

Alstad Aber, Wilhelm, du, höre doch – – *(Er fasst ihn unter dem Arm)*

Ein fremder Herr*(hat unterdessen den Amtmann und Gran zu ihrer großen Verwunderung untergefasst und führt sie in den Vordergrund. Er sieht ihnen abwechselnd ins Gesicht, bis der*

Amtmann*(ruft)*. Der König!

Der fremde Herr Still!

Gran Ja, wahrhaftig!!

Der Fremde(*zu Gran*). Du bist ja hier der Hausherr. So schaffe uns ein Zimmer und Champagner. Ich habe einen Durst, als käme ich von der Jagd.

Der Vorhang fällt. Szenenwechsel.

Verwandlung.

(Ein Zimmer bei Gran in gotischem Stil, ausgestattet mit Jagdgeräten, kostbaren Teppichen und Fellen.)

Zweite Szene.

Der König. Amtmann Koll. Der Hausherr *(Gran.)* **Anna**

Gran Hier sind wir ungestört.

(Anna, ein vierzehn- bis fünfzehnjähriges Mädchen, bringt einen Korb mit Champagner und stellt während des folgenden Gläser, Erfrischungen, Zigarren, Pfeifen auf den Tisch. Sie ist jeden Augenblick zur geringsten Handreichung bereit und wartet mit gespannter Aufmerksamkeit auf eine Gelegenheit, sich nützlich zu machen; wenn sie unbeschäftigt ist, sitzt sie auf einem Schemel im Hintergrund. Sie verständigt sich mit Gran durch Zeichen und er erteilt ihr auch die Befehle auf diese Weise. Sie nähert sich mehrmals, wenn das Gespräch lebhafter wird, unwillkürlich dem Tisch, bis ihr Gran einen Wink gibt, zurückzutreten.)

König Sieh, sieh! Da erkenne ich dich wieder. Ein Zimmer im gotischen Stil mit Jagdgeräten an den Wänden! Ein echtes Junggesellenheim. Ja, dazu hattest du seit jeher Anlagen. Wir nannten ihn schon damals an Bord nie anders als den Hagestolz. Er war in den ganzen drei Jahren nicht ein einziges Mal verliebt, während wir anderen uns in jedem Hafen mindestens einmal verliebten.

Koll Darin ist er derselbe geblieben.

Gran(*bietet Champagner an*).

König Danke! Der soll mir munden. *(Zu Koll)* Auf dein Wohl, mein alter Lehrer! *(Zu Gran.)* Und auf das deine! *(Sie trinken.)* Das tut wohl! – Nun, das muss ich sagen! Auf dieser ganzen Versammlung war eigentlich von nichts anderem die Rede, als von der Republik, obwohl das Wort nicht ein einziges Mal genannt wurde.

Koll(*lächelnd*). Das ist nicht unrichtig.

König Und du, der du zu freisinnig warst, um mein Lehrer bleiben zu können, du bist hier nicht freisinnig genug. Du wärst ja beinahe vom Volk gestürzt worden.

Koll Ja, ja. Da sieht man die Folgen einer Minoritätsregierung.

König Wohl auch die Folgen davon, dass man solche Untertanen hat wie meinen lieben Freund hier, den Großkapitalisten.

Gran Es ist immer ein Fehlgriff, einen einzigen Mann für eine Volksbewegung verantwortlich machen zu wollen.

König Das glaube ich auch. - Nun, da wären wir ja schon bei der Sache, um derentwillen ich hergekommen bin - in tiefstem Inkognito, wie ihr seht. Ja, übrigens, ich hoffe, dass mich niemand erkannt hat?

Gran und Koll Niemand! Niemand!

Dritte Szene

Die Vorigen. Flink.

Flink Ach, hier seid ihr. *(Rennt in freudiger Erregung händereibend im Vordergrunde auf und ab.)* Was sagt ihr zu der Versammlung, Kinder? Wie?

König Wer ist das?

Gran Wir wollen trachten, ihn los zu werden. - Höre einmal, du - -

Flink*(blickt auf, sieht den König, stutzt)*. Ich bitte um Entschuldigung, ich dachte, wir seien - -

Gran*(macht den Versuch, vorzustellen)*. Herr, Herr - - *(Er sieht den König fragend an.)*

König Speranza.

Flink Sind Sie Italiener?

König Nur dem Namen nach.

Gran*(vorstellend)*. Herr Flink.

König Doch wohl nicht A. B. Flink?

Gran Jawohl.

König*(lebhaft)*. Unser Wander-Philosoph. *(Er ergreift seine Hand.)* Ich habe einige Ihrer Bücher gelesen.

Flink*(lächelnd)*. Wirklich?

König Waren Sie auch jetzt wieder auf Reisen?

Flink Ja.

König Wieder zu Fuß?

Flink Immer zu Fuß.

König*(eifrig)*. Da gibt es wohl keinen Menschen im ganzen Land, der die Volksstimmung besser kennt als Sie? Setzen Sie sich doch zu uns. – Trinken Sie Champagner?

Flink Ja, wenn es nichts Besseres gibt.

König*(Flink zutrinkend)*. Auf Ihr Wohl! *(Alle trinken und setzen sich.)*

König*(in halb liegender Stellung auf einer Ruhebank)*. Wo sind Sie jetzt gewesen?

Flink Zuletzt auf der Jagd mit meinem Freund Gran.

König Auch Ihnen ist er ein Freund? Er ist auch der meine. Der beste Freund meiner Jugendzeit. *(Er streckt seine Hand aus, Gran erhebt sich und umfasst mit seinen beiden Händen die Rechte des Königs.)*

Koll*(zu dem erstaunten Flink)*. Herr Speranza ist gleichzeitig mit Gran Seekadett gewesen.

Flink Ah! Sie waren auf demselben Schiff?

König Wir haben eine ganze Weltumseglung zusammen gemacht.

Flink Wohl damals, als auch der brustkranke Prinz mit war? Der König?

König Der seither König geworden ist – ganz richtig.

Flink Nun, wir sitzen da wahrhaftig in einer Gesellschaft, die dem König sehr nahe steht. Hier seine Schiffskameraden, dort sein Lehrer der Rechtswissenschaft – –

Koll Du vergisst dich selbst, du bist ja der Lehrer seines Lehrers.

König – – Der Philosophie, wirklich?

Flink Ja, solche Sorge können einem seine Schüler machen.

König Sie wird wohl nicht so groß sein als die Sorge, die ihrem Schüler der seine seither gemacht hat.

Koll Der König war ein sehr fähiger Schüler.

Flink*(lustig)*. Davon merkt man an seiner Regierung verdammt wenig.

Koll Nichts Böses über den König, wenn ich bitten darf.

Flink Gott bewahre! *(Er schnupft.)* Seine Anlagen, seine großen Anlagen, seine genialen Anlagen – ich kenne das schon. *(Er reicht seine Dose herum.)*

Gran Aber wir sprachen ja von der Stimmung im Volke, Flink. Ist sie ungefähr wie die, die heute hier zutage trat?

Flink Das möchte ich nicht gerade sagen. Diese Gegend ist weiter vorgeschritten als die andere.

König Ist die Bevölkerung republikanisch oder königstreu gesinnt?

Flink Ja, wie man's nimmt. Die König hat vor kurzem große Reisen im Lande gemacht, er ist ja der c o m m i s   v o y a g e u r seines Hauses wie alle Könige und Kronprinzen. Er wurde auch überall sehr gefeiert. Fragt man aber den Bauer: Wie gefiel dir die Pracht und der Prunk des Königs? Dann antwortet er unbedingt: Sie sind verdammt teuer. Hahaha.

Gran Der Bauer ist ein Realist.

Flink Ein grober Realist! Hahaha! Die Autonomie ist billiger. Das kann er sich von den Fingern abzählen.

König Also bewusster Republikaner ist er doch nicht?

Flink Im Großen und Ganzen nicht. Noch nicht. Aber es geht vorwärts. Dafür sorgt schon unsere reaktionäre Regierung. Und die Briefe aus Amerika.

König Die Briefe aus Amerika?

Gran Es gibt kaum eine Familie im Lande, die nicht Verwandte in Amerika hätte.

König Und die schreiben nach Hause von Autonomie, von republikanischen Bräuchen?

Flink – – und Einrichtungen. Jawohl, so ist es.

König Haben Sie schon einen derartigen Brief gelesen.

Flink Viele.

König Dein Champagner ist gut. *(Trinkt.)*

Gran Dann wollen wir trinken. *(Alle trinken.)*

Flink Ich vertrage übrigens nicht viel von diesem Zeug.

König Wenn nun aber der König eine wirklich volkstümliche Regierung einsetzte? Wenn er selbst nach jeder Richtung das Leben eines Bürgers führen würde?

Koll Nach jeder Richtung? Was wäre darunter zu verstehen?

König Wenn er einen bürgerlichen Haushalt, das Eheleben eines Bürgers führte und sich zu bestimmten Zeiten in seinem Arbeitszimmer einfände wie jeder andere Beamte?

Koll Also auch kein Hofstaat?

König Nein. *(Gran und Koll wechseln bedeutungsvolle Blicke.)*

Flink*(achselzuckend)* Nun, das wäre das einzige, was noch zu versuchen übrig bliebe.

König*(der die spöttische Bewegung nicht gesehen hat)* Nicht wahr, das wäre eine Möglichkeit, darin sind wir einig? Es freut mich sehr, dass ich Gelegenheit hatte, mit Ihnen zu sprechen, Herr Flink.

Flink Ganz meinerseits, Herr – – Herr. *(Leise zu Koll)* Ist er Republikaner?

König Ob ich Republikaner bin? Ich habe zu viele allerhöchste Herrschaften gekannt, um es nicht zu sein. *(Er nippt an seinem Glas.)* Verdammt guter Tropfen das.

Flink*(der auch trinkt)* Aber sehen Sie, Herr.... Herr Republikaner, hehehe! .... *(lächelnd und flüsternd)* das, was Sie vorgeschlagen haben .... das darf der König einfach nicht, hehehe! –

König Wie meinen Sie das?

Gran*(der inzwischen Zigarren herumgeboten, macht Koll ein Zeichen, worauf dieser sich rasch erhebt)* Bist du sicher, dass das gut enden wird?

Koll Dem König wird es keinesfalls schaden, das eine oder das andere zu hören.

Flink*(der sich erhoben hat, um zum Pfeifentisch zu gehen)*. Das darf er einfach nicht, der Arme! – – – –Was ist das Königtum? Ich frage! – Eine Versicherungskasse, recht und schlecht! Priester, Beamte, Adel, Gutsbesitzer, Großindustrielle, Militaristen sind die Aktionäre. Und d i e werden dem Direktor, meiner Treu, nicht durch die Finger sehen! Hehehe!

König*(erhebt sich)* Hahaha!

Flink*(schreiend)* Ist das vielleicht nicht wahr?

König Bewahre! Sehr wahr! Hahaha!

Flink*(der währenddessen eine Pfeife gereinigt, gestopft und zu rauchen begonnen hat, nähert sich plötzlich dem König)*. Und gegen welche Gefahren versichern sie sich, diese – diese Schelme?

Ernst*(gedämpft)* Gegen das große Volk – gegen sein Volk!

König*(sieht ihn an, wendet sich dann ab)*.

Gran Höre, Flink, sollten wir nicht lieber ein wenig ans Meer hinuntergehen? Der Frühlingsabend ist so schön.

Flink Im Vergleich zu einem politischen Disput scheint mir der schönste Frühlingsabend wie warmes Wasser gegen edlen, Wein. Nein, lass uns bleiben, wo wir sind! Aber was fehlt dieser Pfeife?

(Das Mädchen will ihm helfen, aber er versteht sie nicht.)

Gran Gib ihr die Pfeife, du!

Koll Wenn der König die Lage kennen würde, – das habe ich immer gesagt – so schritte er ein.

Flink Der König? Er schert sich keinen Pfifferling um alles zusammen! Er hat andere Geschäfte! Hehehe!

König Hahaha!

Koll Der König ist viel zu reich begabt, um sich auf die Dauer abseits zu halten.

Flink Er ist nicht der erste, dessen reiche Begabung dem Teufel verfällt!

König Tralala! Tralalalalala! Tralala! Es ist sehr amüsant, mit euch beisammen zu sein! *(Trinkt.)*

Flink*(zu Gran)*. Ist er betrunken?

König*(der sich setzt)*. Gib mir eine Zigarre! – Und lasst uns die Sache etwas diskussionsmäßiger behandeln. *(Koll und Gran setzen sich.)*

Gran Und schließlich und endlich kann eine solche Sache nicht diskutiert werden. Sie muss getan werden. An dem Tage, an dem der König sagt: Ich will mit meinem Volke leben; ich steige von dem alten königlichen Thron herab, den nur eine Lüge noch erhält – an dem Tage wird alles übrige sich von selbst finden.

Flink*(der wieder bei dem Pfeifentisch ist, um die Pfeife in Ordnung zu bringen)*. Ja, an dem Tage!

Gran Pst, du bist bei einem Freund des Königs.

König Kein Hausdespotismus, du Republikaner! Freie Diskussion!

Flink Ich will gewiss den König nicht beleidigen. Er hat mir niemals Böses getan. Aber du erlaubst mir wohl, daran zu zweifeln, dass der König wirklich das große Licht ist, das ihr einstimmig aus ihm machen wollt?

König Ja, sicherlich!

Flink*(lebhaft)*. Sie stimmen darin mit mir überein?

König Vollkommen! - Aber abgesehen von ihm, - angenommen, da wäre ein König, der sich unabhängig machte und sich nun über die Parteien stellte -?

Flink*(der abermals bei dem Pfeifentisch ist und neuerlich die Pfeife reinigt, unterbricht)*. Fromme Wünsche, Kinder! König aller Parteien? *(Bläst die Pfeife aus.)* Das gibt's nicht! Diese Lüge erhält das konstitutionelle Königtum. Der König soll über den Parteien stehen? Ja, natürlich! -

Gran Das hieße auch das Übermenschliche von ihm verlangen.

Flink Natürlich.

König Aber ein Präsident wird das doch noch weniger tun?

Flink*(wendet sich um)*. Er wird aber auch nicht vorgeben, es zu tun! Hehehe! Das ist der Unterschied. *(Kommt nach vorne, sagt bedächtig, langsam,)* Die Lüge ist hier das Unterscheidende! -

Koll O, was das betrifft ... es gibt noch genug Lügen in der Republik!

Flink Ja, gewiss, aber sie sind nicht Institutionen! Hehehe!

König Dieser Gedanke kommt aus Professor Ernsts Schriften.

Flink*(lebhaft)*. Haben Sie sie gelesen?

König Ich habe in den letzten paar Monaten kaum etwas anderes gelesen. *(Koll und Gran wechseln Blicke.)*

Flink Ja - dann brauche ich nichts mehr zu sagen!

Koll Aber mit all dem kommen wir nicht von der Stelle. Unser Freund *(zeigt auf den König)* scheint wissen zu wollen, ob ein wirklicher, ernster Versuch mit dem, was ich ein Volks-Königtum nennen möchte, nicht auf Verständnis, auf Beistand rechnen könnte -

König*(unterbrechend, lebhaft)*. - So ist es! ...

Koll Bei unserem aufgeklärten Volk, das der Lüge müde ist und nach einer ausgedehnten aber auch wohlgeleiteten Autonomie verlangt.

Flink(*der sich eben setzen wollte, springt auf, legt die Pfeife beiseite und stemmt die Arme in die Seite)*. Aber was für ein Gedanke spukt da in euch allen? Seid ihr denn nicht Republikaner?

Koll Ich bin es nicht.

Gran Ich bin es; – aber finde dessen ungeachtet, dass ein Übergang gefunden werden muss, der mit Behutsamkeit –

Flink Das soll heißen mit Verrat?

Gran Verrat? –

Flink An der Wahrheit, an unserer Überzeugung.

Koll Lasst uns die großen Worte sparen! Das Königtum wurzelt in den Verhältnissen.

Flink(*lächelnd)*. Die Assekuranzkasse!

Koll Nun ja – nenne es so! Es ist – das ist die Hauptsache. Und da es ist, wollen wir es so wahr, so zweckmäßig wie möglich gestalten.

König Dein Wohl, Koll! *(Sie trinken.)*

Flink(*der sich einige Schritt entfernt hatte)*. Darauf wird sich kein Republikaner einlassen.

Gran Doch, doch!

Flink(*stutzt)*.

König(*sieht das)*. Lass mich! *(Springt auf.)* Gesetzt, wir hätten einen König, der sagte: Entweder ich helfe mir, indem ich ein Volks-Königtum, frei von allen Überresten des Absolutismus, frei von der Lüge einführe – oder ich nehme meinen Abschied –

Flink Bah!

König Ich sage nur: gesetzt den Fall! – Sie wissen ja selbst, dass sein Vetter, der Thronfolger, bigott ist –

Koll(*der sich gleich Grau erhoben und wieder Blicke mit diesem gewechselt hat, wirft nun rasch ein.)* Das wissen wir ja!

König(*lächelt)*. Das wissen wir ja! – und seine Mutter, die ihn beherrscht, –

Flink – ist noch ärger! –

König Was wählten Sie da? – Entweder den König zu unterstützen in seinem Streben, das Volks-Königtum einzuführen – oder – –

Flink(*unterbrechend*). Zehntausendmal lieber den bigotten Prinzen mit den Dummheiten seiner Mutter und seinen eigenen. Je schlimmer, desto besser!

Gran Nein, nein, nein, nein!

König(*zu den beiden*). Da haben wir den Mann! *(Macht einige Schritte gegen den Hintergrund.)*

Koll(*zu Flink*). Das ist die gewöhnliche Prinzipienreiterei der Republikaner.

Gran Das Reich, das Vaterland steht über –

Flink – der Wahrheit? Lieber eine kurze Qual als eine lange Lüge, mein Lieber! – Diese Wahrheit gilt auch für das Vaterland.

Koll Diese Theoretiker – und diese Redensarten –!

Gran Ich bin auch Republikaner; ebenso gut wie du, denke ich. – Aber ich zog nicht in Erwägung –

Flink – dass es Verrat wäre?

Gran Was gebrauchst du für Worte?

Flink Worte? Nur Worte? Nein, mein Freund, tätest du das – das, was du nicht einmal aussprechen solltest – da käme ich eines Tages, um Rechenschaft zu fordern! Und wenn du dich nicht mit mir schlagen wolltest – dann schösse ich dich nieder wie einen Hund!

Grau(*mild*). Das tätest du nicht!

Flink(*rasend*). Das täte ich nicht? ... Ich hätte die tiefste Liebe meiner Seele offenbart, damit du zum Verräter an ihr werden solltest ... Ich sollte die größte Errungenschaft meines Lebens ... ich sollte ihn unsere Sache verraten sehen ... und bei seinem ungeheuren Ansehen Tausende mitreißen ... nach allen meinen Enttäuschungen – am Abend meines Lebens noch diese – *(Da er das Zittern seiner Stimme fühlt, bricht er ab. Schweigen.)* Höre, du sollst mit dergleichen nicht spaßen. *(Geht auf und ab. Das Mädchen hat sich beschützend an Graus Seite gestellt.)*

Koll Ich denke, wir verändern sowohl Schauplatz als Gespräch –

König(*im Vorbeigehen*). – Ja, bringe ihn fort!

Flink(*im Hintergrund wie zu unsichtbaren Zuhörern*). Disziplin halten heißt es!

Koll *(zu Grau).* Du verstehst ja mit dem Mädchen zu sprechen, sage ihr, dass sie sich mit dem Abendessen beeilt.

Grau *(gleichsam erwachend).* Ja.

Koll *(zum König).* Aber hätten Sie nicht Lust, jetzt einen Spaziergang längs des Meeres zu machen?

König Gut, ich bin einverstanden!

Flink *(zu Grau).* Diese Freundschaft mit dem König – auf die ich weiter kein Gewicht gelegt, wird dich doch nicht – *(Stockt.)*

Grau – Verdorben haben, meinst du?

Flink Eben das!

König *(lächelnd).* Politisch?

Flink Die Politik hat auch mit Moral zu tun, mein Herr.

König Aber warum ereifern Sie sich so, mein Herr – der jetzige König ist ja ein –

Koll *(rasch unterbrechend).* Wir wissen schon!

König *(lächelt).* Sie sagen ja selbst, dass er sich des Teufels um alles das kümmert. Er hat andere Geschäfte! Und so bleibt das doch eine Frage, die in die Luft gebaut ist.

Flink *(gutmütig).* Sie haben im Grunde Recht.

König Ja, habe ich nicht Recht? Ihr wäret ja alle einig darin, dass unter ihm die Republik wachse, dass es nur eine Lust sei.

Flink Sie haben Recht! Er könnte es nicht besser machen, wenn er Republikaner wäre, das versichere ich Ihnen.

König Vielleicht i s t er Republikaner?

Flink *(lebhaft).* Vielleicht ist er Republikaner! Ausgezeichnet! Darum nimmt er Partei gegen sich selbst –

König – ist *commis voyageur* für seines eigenen Hauses Untergang –

Flink *(sich steigernd).* – für seines eigenen Hauses Untergang. Ausgezeichnet! Unterstützt seine reaktionäre Regierung mit königlichen Handschreiben, Edikten und Tischreden ...

König Selbstmörderisch!

Flink Selbstmörderisch, grass! – Ja, Sie lachen, Sie?

Koll Still, es könnte uns jemand hören!

Flink Hör' uns, wer da will! *(Der König lacht laut.)* Aber heiße ihn mit seinem Gelächter aufhören, du königlicher Beamter! Es ist unverzeihlich, ist Majestätsbeleidigung -

Koll Nein, höre!

Flink Dieses Gelächter sollte verhaftet werden! - Falls der König -

Gran Das ist der König.

(Der König fährt fort zu lachen. Flink sieht ihn an, dann blickt er auf Gran, auf Koll und wieder auf ihn.)

König Ich kann nicht mehr! *(Ein Stuhl wird ihm gebracht.)*

Flink*(geht)*

Vierte Szene.

Die Vorigen ohne Flink.

Koll Das war sehr übel gehandelt.

König Ja, ich weiß, vergebt mir! Aber ich konnte nicht anders. Hahahahaha!

Koll Er ist trotz aller seiner Wunderlichkeiten zu gut, um einen Narren abzugeben.

König Ja, schilt nur, ich verdiene es, aber - Hahahaha!

Gran Still, da ist er wieder.

König*(springt auf.)*

Fünfte Szene.

Die Vorigen. Flink kommt zurück.

Flink Seine Majestät kann überzeugt davon sein, dass ich mich in Ihrer Gegenwart nicht so ausgesprochen hätte, wenn ich ehrlichen Bescheid bekommen hätte.

König Ich weiß das. Es ist allein meine Schuld.

Flink Nein, andere tragen die Schuld; meine sogenannten Freunde.

König*(eifrig)*. Keinesfalls! Nur meine Schuld, einzig die meine! Ich habe schon meine Schelte dafür bekommen! Und ich bitte meine Freunde in Ihrer Gegenwart um Verzeihung! Ich habe sie in falsches Licht gesetzt. Ich bitte auch Sie um Vergebung. Der Übermut gewann die Oberhand. *(Lächelt wieder.)*

Flink Ja, es war ungemein erheiternd!

König*(wie oben)*. Das war es wirklich! Und schließlich und endlich, worüber haben Sie sich zu beklagen? Sie konnten mir ja Ihre Meinung sagen

Flink Das konnte ich!

König Nun ja! - Und ich verhinderte Sie daran, die Rücksichten zu nehmen, die sonst beobachtet werden müssen. Geben Sie sich zufrieden damit.

Flink Nein, zufrieden gebe ich mich nicht!

König So? - Was verlangen Sie von mir?

Flink*(rau)*. Nichts!

König Verzeihung! - Ich dachte nicht Sie zu beleidigen.

Flink Das haben Sie in solchem Maße getan, dass Sie natürlich nicht imstande sind, es zu begreifen! *(Geht.)*

Sechste Szene.

Die Vorigen ohne Flink.

König Das war ein dumme Geschichte! *(Lächelt. Bemerkt Gran, der abgewandt beim Pult steht und geht direkt zu ihm hin.)* Du bist böse mit mir?

Gran*(steht langsam auf)*. Ja.

König Warum hieltest du mich nicht zurück?

Gran Das kam ja in einem Augenblick. - Aber dass Sie das Herz dazu hatten? -In meinem Hause, gegen meinen und meines Vaters alten Freund -?

König Harald! *(Legt den Arm um dessen Schulter.)* Habe ich dich jemals um was gebeten, das du mir nicht gewährtest?

Gran Nein.

König So bitte ich dich, mir zu glauben, dass ich es nicht getan hätte, wenn ich gedacht hätte, dich damit zu kränken - nein, um keinen Preis! - Willst du mir das glauben?

Gran Ja.

König Dank! - Und nun muss ich dir gestehen, dass ich die letzten Monate in fürchterlicher Spannung verlebt habe; deshalb gerate ich so leicht aus einem Extrem ins andere. - Und nun. Freunde *(tritt von*

Gran fort) verzeiht mir! Oder scheltet mich ein anderes Mal. Denn jetzt muss ich mit euch von der Sache sprechen, um derentwillen ich gekommen bin. Ihr seid die einzigen, zu denen ich sprechen kann! - Deshalb seid gut mit mir! - Sollen wir uns wieder setzen?

Koll Wie Sie befehlen.

König*(bleibt zwischen ihnen stehen.)* Ich weiß, ihr denkt jetzt beide dieselbe Frage: Warum komme ich erst jetzt? Antwort: Weil mir meine eigene Lage erst jetzt klar geworden ist. Wenige Monate sind verflossen, da hat ein starkes Wort in mein Leben geklungen .... Es hat buchstäblich eine Menge Staub und Moder in die Luft gewirbelt. - Sag', soll das Mädchen nicht hinausgehen? *(Sie hat eben die Gläser gefüllt.)*

Grau Sie hört nichts.

König Armes Ding! *(Setzt sich.)* Als ich von der Reise zurückkehrte, - mein Onkel, der König, war tot, mein Vater König geworden, und ich Kronprinz! - Da begleitete ich meinen Vater in die Kirche. Es sollte ein Dankgottesdienst, meiner glücklichen Heimkehr zu Ehren, abgehalten werden.

Grau Ich war dabei.

König Das Ganze war mir neu, feierlich. Ich war gerührt. Da flüsterte mein Vater: ›Geh' weiter nach vorne, mein Lieber! Das Volk muss seinen künftigen König b e t e n sehen.‹ - Damit war es vorbei! - Ich war nicht zum König geboren, meine Seele war noch rein, und mit dem größten Widerwillen stieß ich die Lüge von mir. Stellt euch das vor: Von einer dreijährigen Seereise zurückkehren und das Leben in dieser Weise beginnen - vor einem Spiegel! - Ich will mich nicht länger dabei aufhalten. Aber als mein Vater starb und ich König wurde, war mir die Lüge, in der ich lebte, so lieb geworden, dass ich die Wahrheit nicht mehr sah. - Es steht in den Staatsgrundgesetzen, welche Religion ich haben muss - und ich habe natürlich keine. So ging es mit allem! Stück für Stück! Konnte es denn anders sein? Den einzigen Lehrer, dem ich vertraut hatte - du, Koll - hatte man verabschiedet, denn man hatte entdeckt, dass du zu freisinnig wärest.

Koll*(lächelt.)* Ja, ja! -

König Den einzigen wirklichen Freund aus meiner guten Zeit - dich, Harald - hatte man fortgewiesen. Du warst Republikaner. - In der Verzweiflung über diesen Verlust verliebte ich mich zum ersten Mal wirklich - in deine Schwester, Harald. Wieder Verbannung! - Was blieb mir? Ja, das mächtige Brausen der gesunden Jugendkraft, der Drang zur Liebe, verklang in mir zu einem liederlichen Singsang. *(Trinkt.)*

Grau Ich verstand das wohl.

König Wenn ihr das alles überblickt - da habt ihr mein Leben! - - Bis vor kurzem! Denn es hat sich etwas ereignet, meine lieben Freunde! - - - Nun sollt ihr mir helfen. Um es kurz und gut zu sagen: Entweder ich will der erste Beamte dieses Landes sein und mein Amt in angemessener, bürgerlicher, gesunder Weise ausfüllen, oder, beim lebenden Gott, ich will nicht länger König sein! *(Erhebt sich, die anderen folgen seinem Beispiel.)*

Koll So ist die Stunde nun endlich gekommen!

König Glaubt ihr denn, ich weiß nicht, dass er, der Republikaner, das Urteil der Denkenden über mich aussprach? *(Sie schweigen.)* Aber wie hätte ich eingreifen können, solange ich glaubte, dass alles Komödie und Lüge wäre, alles und alle? - Jetzt weiß ich, wo die Lüge liegt! Sie wird uns als Institution eingeimpft... er hatte ja recht! Und Lüge zeugt Lüge! -Ihr könnt nicht begreifen, wie komisch mir das selbst erscheint - wie sündig und traurig zu anderen Zeiten, - dass ehrbare Bürger so tun, wie wenn ich ein Wesen höherer Art wäre! - Ich? - *(Geht, bleibt wieder stehen.)* Der Staat ist es, die Institution, die Lüge fordern - von ihnen und von mir! Um den Frieden und das Glück zu sichern! *(Geht, bleibt wieder stehen.)* Schon in meiner ersten Kronprinzenzeit hat man mir alles genommen, das die Wahrheit in mir hätte großziehen können - Freundschaft, Liebe, Religion, Beruf - denn mein Beruf liegt irgendwo anders - im Namen des Staates hat man das getan! So nimmt man mir, als mündigem König, auch die Verantwortung, - die Verantwortung für meine eigenen Handlungen, - das System fordert das! Welcher Lappen muss ich sein statt einer Persönlichkeit! - Und die Macht? Die liegt in Händen der Verwaltung und der Regierung, darüber klage ich nicht; aber ich klage darüber, dass es so scheinen soll, als besäße ich sie, dass alles in meinem Namen geschieht, dass vor mir gekniet, gehurrat, gebrüllt wird, dass sich alle vor mir beugen und vor mir kriechen, wie wenn die Macht, die Verantwortung, der Zuschnitt des ganzen Landes in m e i n e r Hand läge. - Bei mir, dem man um der Gesamtheit willen alles genommen! Ist das nicht eine jämmerliche und lächerliche Lüge? Aber um sie glaubwürdig zu machen, schmückt man sie überdies mit dem Begriff der »Heiligkeit« aus, der König ist »heilig«,

»unser allergnädigster Herr,« »Seine Majestät.« Das grenzt an Gotteslästerung!

Gran Ganz gewiss.

König Nein, kann das nicht anders werden, dann gehe ich. Aber es muss anders werden können! Denn ein Volk soll doch auf seinem ewigen Zug nach Wahrheit nicht mit einer Lüge an der Spitze marschieren!

Koll Nein, das soll es nicht!

König*(eifrig)*. Und du sollst mir helfen, das zu beweisen.

Koll Das will ich gerne tun. – Jetzt wird es lebendig werden im Land!

König Und du, mein Freund – fürchtest du nicht, von dem verrückten Republikaner erschossen zu werden, wenn du mir beistehst?

Gran Du weißt, dass ich nicht sehr bange bin vor dem Tod. – Aber das Mädchen sagt, dass das Mahl fertig ist.

König Ja, lasst uns speisen!

Koll Und dann wollen wir weiter sehen!

(Der Vorhang fällt. Musik.)

Zweites Zwischenspiel.

Während der Vorhang fällt, leitet Musik die folgende Szene ein. Beim Wiederaufgehen des Vorhangs sieht man eine Eislandschaft. Links oben sitzt ein alter grauer Mann in lang herabwallendem Gewand.

Der Graue Sohn, mein Sohn! –
Am härtesten werd' ich nun gestraft.
Sohn, mein Sohn!
Geh' nicht weiter! Hast nicht die Kraft!
Sohn, mein Sohn!
Nicht die Kraft! Ich raubte sie dir –
Und andre vor mir.
O welche Pein!
Dass er, der mein,
An Wunden langsam schwinde,
Die einst schlug meine Sünde.
Armer! Selbst weißt du nicht, was in dir ringt!
Wenn süßer Liebe Lied dir klingt.
Ich schwächte den Willen, lähmte die Kraft,

Ich nahm der Blume Farbe und Saft.
Nur eine Frostnacht – die Blätter blinken,
Welken und sinken.
Erst wenn vergangen
Des kurzen Kampfes hoffendes Bangen,
Ahnt er die Gründe – –
So bin ich verstoßen, da ich ihn finde.

Unsichtbarer Chor*(weit entfernt)*. Bist du nun da?

Der Graue O, sind mir nun wieder die Lockenden nah!

Chor*(ringsum.)* Warum allein?
Warum in Erdnebels düstrem Schein?
Wirf alles hin und komm' mit uns!
Bangen und Reue
Besiegst du aufs Neue,
Bietest nur den Gedanken du Trotz!

Der Graue Ich bin gebunden.

Chor Reiß dich doch los! Du k a n n s t gesunden,
Nur der Starke zum Lichte sich schwinget. –
Hör', wie es klinget!

(Ferne, erhabene Harmonien.)

Es sind der Befreiten jubelnde Scharen,
Die nun zu ewiger Freude fahren
Durch das unendlich ewige Licht,
Befrei' dich und folge, ergib dich nicht!

Der Graue Ja! – – – Nein, ich darf nicht!

Der Chor Entscheide dich doch! Befrei' dich, folge uns nach!

Der Graue Reißend, toll wie im brausenden Bach
Schwelgt ihr in Wonne!

Der Chor Hahaha. Trotz
Dem Gesetz wir bieten, das unsre Wonne hasst,
Den Seligkeitsnarren,
Den Psalmgesangssparren,
Den Toren, die harren
Auf Jenseits-Beglückung!
Jämmerlich leben sie dort,
Drum befreie dich, hebe dich fort
Von diesen selbst geschaffnen Qualen, die blutig

Dir den Busen reißen! Jage die friedlosen Geier mutig
Dahin, woher sie kamen - in die giftschwangern Büsche,
Wo feindlich Gezische
Ertönt gegen Freiheit und Stärke und Licht,
Verscheuchst du sie nicht?
Du selbst hast sie gerufen, gebiet', und sie fliehn!
Befrei' dich, lass sie ziehn!
Was hinter dir liegt, ist vergangen, - und vor dir
- - Sieh ihn, den Herrlichen! Sieh ihn! Er hier!
Luzifer - Strahlender! Dich grüßt die Welt!

Der Graue*(auf den Knien)*. Hilf mir, Erlöser!

Der Chor*(weit entfernt)*.
Hahaha, Schwächling! Schmiedst deine Kette!
Hahaha, Tor du! Vor Gedanken dich rette!
— — — — — — — — — —

Der Graue Etwas vernahm' ich, wie Frühlingssehnen.
— — — — — — — — — —
Winterkalt war's - Nun schmolzen die Tränen,
Flossen herab übers Kinn so lind
Bis sie entführt der Frühlingswind,
Wie über Eisfelder sanft er zieht;
Töne erschallen,
Schwellen und wallen.
Schmeichelnd und flüsternd, ein Frühlingslied.
Was war das wohl? - -
Wann werd' ich kommen so weit als ich seh'?
Drei Male schon
Sah ich sie nahn. Er hielt mich bang,
Stets wenn sie kamen,
Durch seinen Namen
War ich gebunden, ich betet' - der Zauber zersprang
— — — — — — — — — —
O welche Lust
Drücket nun wieder
Schwer meine Glieder!
Aufs Neue erfüllen
Gedanken die Räume, die mich bedrängen,
Die mich versengen.
O welche Pein,
Wenn nicht des Entschlusses lebendige Kraft

Löset die Fesseln! Ewig in Haft
Dieser jagenden Schemen,
Die fesseln und lähmen,
Zweifel, Nebel.....Tyrannen sind es!
Was wollen die Mächtigen?

Der Chor der Tyrannen Deinen Sohn hemme doch, du!
Flüstre ihm zu,
Du, der durch Blutesbande ihm traut,
Weck' sein Begehr'
Nach einem Heer –
Hast dann gebracht
Seine Gedanken auf Ehre und Macht.

Der Graue Ich selbst hab' sie besessen!.....

Der Chor der Tyrannen Weihe dem Spott,
Was schwach sich bot!
Härt' ihm die Brust,
Dass sein Gesetz nur seine Lust. –
Suchen soll er und sehren
Die Macht, sich zu wehren, –
Zu Teig zu kneten die Massen,
Um froh beim Mahle zu prassen!

Der Graue Ich selbst hab' das gedacht.

Der Chor der Tyrannen Glaub' nicht dem Schein,
Jeder allein
Hätt' Zweck und Ziel,
Ein eignes Ziel.
Tropfen bleibt Tropfen, wird nicht zum Fluss.
Stein über Stein
Im engen Verein
Wird stolz ein Schloss,
Steht, wenn Jahrtausende Kleines zerstört.

Der Graue Ja, ich hab' es gesehen!

Der Chor der Tyrannen Keiner wird groß,
Dem sich verschloss
Der Wahrheit Tor:
Andrer bedarf es
Der Opfer viel,
Als Steine zu dienen in seinem Spiel.

Des Ruhmes Lohn
Schmückt erst die Kron',
Wenn Schwache gegeben
Zum Opfer ihr Leben.

Der Graue Ja. So ist es.

Der Chor der Tyrannen Nicht e i n Hirn allein
Gedanken webt,
Nur im Verein
Wird es erstrebt.
Wenn einer gewonnen.
Was andre ersonnen.
Heil dem mächtigen Lebensfürsten,
Der einmal gelöscht sein ewiges Dürsten!

Der Graue So ist es wohl!

Der Chor der Tyrannen Volk, du sollst geben
Gedanken und Leben,
Vereinigte Kraft
Nur den Großen erschafft!
Welch hohes Ziel!
Leid' darum still!
Welch hoher Lohn!
Schaffen und bilden so herrlich den Sohn!

Der Graue Könige der Vorzeit!

Der Chor der Tyrannen Blitz ist sein Speer,
Über Berge und Meer
Gewaltig er streicht.
Der Gedanken Strahl die Sterne verbleicht.
G o t t ist er g l e i c h !
- Bald ward verletzt
Dieses Gesetz!
Gott stolz zu gleichen: - nun sei's erreicht!

Der Graue Gewalt'ger Gedanke!

(Hoch über ihm zieht ein Gewitter vorbei.)

Der Graue Imperator-Scharen!

(Hoch und ferne sieht man den endlosen Zug von Wesen aus verschiedenen Zeitaltern. Man hört:)

Weltengötter
Jetzt verkünden
Heerschau über alle Sklaven.
Die die Saat
Des Schreckens streuten.
Treuer Tat
Ihr Leben weihten, –
Sklaven, Sklaven, Sklaven, Sklaven!
Weltengötter
Jetzt verkünden
Heerschau über alle Sklaven.
Millionen
Mal Millionen
Die Geschöpfe ganzer Zonen:
Sklaven, Sklaven, Sklaven, Sklaven!

(Rollender Donner)

Der Chor der Tyrannen*(nahe)* Besiegt ist er, e r !
Land oder Heer
Besitzt er nicht,
E r , der alles wollt' für sich
Der Lebenden Tross
Hier ist er, hier! –
Ist er nicht groß!
Sag' deinem Sohn, was du weißt – Fort müssen wir!

Der Graue Groß ist er, ja! Unbändige Kraft
Durchströmt die Räume. – Doch tief aus dem Schacht
Stieg einst ein Geist, der ihr Ende verhieß.

Frauenstimmen*(nahe)* – Ist nicht gewiss!

Der Graue Was soll man glauben? Was ich lehrte, war recht –

Frauenstimmen – war's vielleicht schlecht?

Der Graue H i e r endet der Zweifel, dachte ich wir –

Frauenstimmen – wächst eben h i e r !

Der Graue Hier alles wächst; – das Gute und das Böse.

Frauenstimmen Das Gute und das Böse!

Der Graue Klarheit ich hoffte. Doch je länger die Frist –

Frauenstimmen – umso dunkler es ist?

Der Graue Gottes Gebote, Gerechtigkeitsspruch – ?

Frauenstimmen Worte im Buch!

Der Graue Des Herzens reinstes Verlangen – mein Sohn! –

Frauenstimmen – Fandest du Lohn?

Der Graue Strafe fand ich, Leiden und Qual!

Frauenstimmen Flieh ihn einmal!

Der Graue Er ist mein Einziger, Letzter – mein Sohn!

Frauenstimmen Dein Gebet, fand es Lohn?

Der Graue Hilf mir zu retten ihn, rette ihn, du!

Frauenstimmen Rufe nur zu!

Der Graue Wer ist's, der die Andacht –

Frauenstimmen – Verspottet, verlacht?

Der Graue*(mit aller Macht)* Bist du der Herrscher, so höre mein Wort!

Frauenstimmen Weil er wohl hier, an diesem Ort?

Der Graue Nimm die Strafe von ihm. Nur mich triff, den Stamm!

Frauenstimmen Opferflink Lamm!

Der Graue Antworte mir! Willig füg' ich mich deinem Gebot!

Frauenstimmen Glaubst an den Gott?

Der Graue Nein, nein, ich glaube nicht, was nützt es viel? –

Frauenstimmen Trügerisch' Spiel!

Der Graue Nennt sich die Liebe – umgarnt meinen Sinn –

Frauenstimmen – zu deinem Ruin.

Der Graue Liebte ich nicht – ging am Sohn vorbei –,

Frauenstimmen – dann wärest du frei!

Der Graue Wie lockend, licht –!

(Bei diesen Worten steigt der Nebel, man hört:)

Der Eisgürtel bricht
Das Eisfeld dampft
Das Flammenross stampft
Voll Sehnen zu fühlen deine Hand.

(Der Nebel verdichtet sich, seltsame Formen und Zeichen erscheinen darin.)

Der Graue*(zusammen mit dem Chor, während er mehr und mehr im Nebel verschwindet)*

- - - - -
Ließe ich doch
Frei meinen Willen
Hei, wie stiege ich hoch! -
- - - - - - - -

Der Chor Es scharrt das Ross!
Erst wenn das letzte
Band zerreißt
Bist du sein eigen, dann bist du Geist.

Der Graue*(gleichzeitig)* Sohn! - Sohn! - Wo bist du?
Der Nebel verbirgt sich; - dein Vater ist hier!

Der Chor Lass doch den einzelnen!
Die wahre Liebe
Kennt im Getriebe
Den einzelnen nicht,
Ein Band alle und alles umflicht.

Der Graue Hilfe! Mein Schöpfer! Nur einen Wink!
Der Nebel! - O eile, oder ich sink!

(Der unendliche Kampf der Töne löst sich, während der Vorhang fällt, und verklingt in leise Melodien, sanft wie milde Winde.)

Zweiter Akt.

Ein Park mit hohen alten Bäumen. Rechts im Vordergrund ein Gartenhaus mit einer Bank

Erste Szene

Der König. Fabrikant Bang, ein übermäßig dicker Mann

Bang Es ging mir wirklich in jeder Beziehung so gut. Ich versichere Eure Majestät, es war mir ein Vergnügen zu leben.

König(*zeichnet mit einem kleinen Spazierstock Figuren im Sand*). Das glaube ich gerne.

Bang Da begann dieser Druck in der Herzgegend und die Atembeschwerden. Ich muss hier mit nüchternem Magen im Park herum rennen, bis ich gänzlich erschöpft bin.

König Aber können Sie denn nicht fahren?

Bang Fahren? Wenn ich mir Bewegung machen soll, Majestät?

König Das ist wahr. Ich dachte gerade an etwas anderes.

Bang Ich könnte wetten, ich weiß, woran Euer Majestät dachten – ohne unbescheiden sein zu wollen.

König Woran also?

Bang Eure Majestät dachten an die Sozialisten.

König An – – – –

Bang Die Sozialisten.

König(*munter*) Warum denn gerade an diese?

Bang Nicht wahr, ich habe es getroffen. Hahaha (*Hustet*) Verzeihen Eure Majestät, aber ich muss immer husten, wenn ich lache. – Die Morgenzeitungen sind ja voll von ihren tollen Streichen.

König Ich habe die Zeitungen nicht gelesen.

Bang Ich versichere Eurer Majestät, es ist schrecklich. Jetzt befanden wir uns gerade in jeder Hinsicht so wohl. Was in aller Welt wollen sie nur?

König Vermutlich sich auch in jeder Hinsicht wohl befinden.

Bang Haben Sie es denn nicht gut, diese Bestien? – Ich bitte um Entschuldigung, ich werde heftig in Eurer Majestät Gegenwart.

König Bitte.

Bang Danke verbindlichst! -Diese Querulanten! Wollen Sie denn, dass wir alle arm werden sollen? Denn wir können doch nicht alle reich sein! - Aber mein Trost ist unser starkes Königtum. Eure Majestät sind der Schlüssel zu meiner Kasse.

König Was - was bin ich?

Bang Der Schlüssel zu meiner Kasse. Ich erlaube mir Eure Majestät so zu nennen.

König*(beständig mit dem Stocke zeichnend)* Sehr verbunden!

Bang Der Herr bewahre uns davor, dass die Liberalen ans Ruder kommen. Die schwächen das Königtum.

Ein Bettlerjunge Ach, liebe, gute, gnädige Herren, schenken Sie mir etwas. Ich habe heute noch keinen Bissen gegessen.

Bang Verlautet etwas derartiges? Aber es wird doch nicht wahr sein?

Junge Ach liebe, gute, gnädige Herren usw.

Bang Du hast kein Recht, hier zu betteln.

König Du hast das Recht, zu verhungern! Hier! *(Er gibt ihm ein Geldstück.)*

Junge*(geht nach rückwärts ab, vor sich hin starrend, das Goldstück fest in der geschossenen Faust)*

Bang Er dankt nicht einmal! Wahrscheinlich der Sohn eines Sozialisten. - Ich hätte niemals den Park allen geöffnet, wie Eure Majestät.

König Die Arbeiter ersparen den vierten Teil ihres Weges zur Arbeit in die Stadt.

General*(außen)* Von einem Herrn auf der Bank, sagst du? Marsch, zeige ihn mir!

Bang*(erhebt sich)*. Guten Morgen, Eure Majestät.

König Guten Morgen! *(Sieht auf seine Uhr)*

Zweite Szene

König, General (den Betteljungen mit einem Stock vor sich herschiebend)

General Hier, sagst du?

König*(sieht auf)* Was gibt es?

General Eure Majestät? Willkommen in der Heimat!

König Danke.

General Eure Majestät verzeihen, aber ich sah hier diesen Burschen mit einem Geldstück in der Hand und hielt ihn an. Er sagt, er habe es von Euer Majestät erhalten – –?

König Das ist wahr.

General Nun – das ändert die Sache. *(Zum Jungen.)* Das ist der König, hast du ihm gedankt? *(Der Junge steht unbeweglich.)*

König Machen Sie auch Morgenspaziergänge in nüchternem Zustand?

General Der Magen, Majestät, der Magen! Er will nicht mehr.

Der Bettlerjunge Hahaha! Hohoho! *(Er springt davon)*

General Ich bin erstaunt darüber, dass Eure Majestät diesen Park für jedermann geöffnet haben.

König Das erspart den Arbeitern den vierten Teil ihres Weges zur Arbeit. – Nun, General, Sie sind ja sehr gläubig geworden in letzter Zeit.

General Eure Majestät haben meinen Tagesbefehl gelesen?

König Ja.

General*(vertraulich)* Nun, wissen Eure Majestät, es konnte wirklich nicht länger so fortgehen. *(Flüsternd)* Diese Liederlichkeit im Lager! Von den Offizieren will ich gar nicht reden, aber wenn selbst die Soldaten ganz offenkundig – –

König Oho.

General Da setzten mein Bruder, der Bischof, und ich, eines Tages einen Tagesbefehl zusammen, der sich über die Notwendigkeit des Glaubens aussprach – des Glaubens als Grundlage für die Disziplin.

König Der Bischof war der erste, dem ich heute hier begegnete. Leidet er auch an Magenschwäche?

General Mehr als wir alle andern! Hahaha! *(Der König gibt ihm einen Wink, sich zu setzen,)* Übrigens habe ich in der letzten Zeit wirklich daran gedacht, dass jetzt in diesen schweren Zeiten ein engeres Zusammenwirken von Armee und Kirche –

König Zum Zwecke der Verdauung?

General Ach – hahaha. Aber ernsthaft gesprochen, Eure Majestät. Dieses Zusammenarbeiten ist beinahe die einzige Rettung des Thrones.

König So-o?

General*(eilfertig)* Das heißt, der Thron steht natürlich auch ohne jede Stütze fest. Gott gewahre uns. Aber ich glaube, Armee und Kirche könnten dem Königtum den notwendigen Glanz verleihen, die Autorität – – – –

König Hat es die vielleicht nicht mehr durch seine eigene Kraft?

General*(springt auf)* Gott bewahre mich davor, das zu sagen. Ich will sterben für ein starkes Königtum!

König Sterben werden Sie, zum Teufel, so wie so müssen. *(Er erhebt sich lächelnd)*

König Wer kommt dort?

General*(nimmt das Augenglas)* Das ist – –? Das ist die Prinzessin und die Gräfin L'Estoque.

König Leidet auch die Prinzessin an schlechter Verdauung?

General*(vertraulich)* Woran die Prinzessin leidet, das wissen Eure Majestät gewiss am besten.

König*(wendet sich ab)*.

General Das habe ich jetzt gut gemacht! Das kommt davon, weil ich alles zu gut machen will – –. Er eilt ihr entgegen? Sollte er doch – – ? Ich muss mit Falbe darüber sprechen. *(Im Abgehen.)* O weh, er sieht, dass ich ihn beobachte. *(Ab)*

Dritte Szene.

Der König geht mit der Prinzessin am Arm zur Bank. Man sieht im Hintergrund die Gräfin und einen königlichen Lakaien langsam über die Bühne gehen.

Prinzessin Das war einmal eine Überraschung! Wann kamen Eure Majestät zurück?

König Gestern Abend. Sie sehen reizend aus, Prinzessin, Diese frischen roten Wangen schon in aller Morgenfrühe!

Prinzessin Sie glauben natürlich, dass das Schminke ist! Nein, das ist nur die Freude, Eurer Majestät begegnet zu sein.

König Schmeichlerin! – Und ich wurde bei Ihrem Anblick bleich.

Prinzessin Das Gewissen – –

König – sagt leider gar nichts. Aber ich habe so viele Menschen getroffen, die an schlechter Verdauung leiden und da ich auch Eure Königliche Hoheit eilig einherschreiten sah – – – –

Prinzessin Beruhigen Sie sich! Ich unternehme im Gegenteil Morgenspaziergänge, um nicht zu dick zu werden. In den späteren Stunden des Tages reite ich, aus demselben Grund. Ich lebe jetzt nur dafür.

König Ein heiliger Beruf.

Prinzessin Insofern er von einem Mitglied des königlichen Hauses ausgeübt wird!

König Sie beziehen Ihre Heiligkeit von mir? Schlimme Prinzessin!

Prinzessin Sowohl meine Heiligkeit als meine guten Tage. Nur der Verwandtschaft mit Eurer Majestät verdanke ich es, dass das Volk mich so gut versorgt!

König*(teilnehmend)* Das bedrückt Sie doch nicht?

Prinzessin Weit davon! Das Volk unterhält schlimmere Aussauger als mich. A propos Aussauger! Ist es wahr, dass Eure Majestät alle Kammerherren samt Anhang in den Ruhestand versetzt haben?

König Ja.

Prinzessin Hahaha. Aber warum just mit der Verpflichtung, in der Schweiz zu leben?

König Weil dort kein Hofhalt ist.

Prinzessin Damit sie nicht wieder in Versuchung kommen. Ich habe schon viel gelacht über die Sache. Aber sie hat doch auch ihre ernste Seite. Denn Eure Majestät können ja doch den Hofstaat nicht entbehren.

König Warum nicht?

Prinzessin Nun, wenn Sie dann einmal, wie der Prediger so schön sagt, »ein Weib zur Ehe« nehmen sollten – –

König Dann tue ich es, um ein Heim zu haben.

Prinzessin Ein Heim wie jeder Bürger?

König Ganz so.

Prinzessin Sie werden nicht einmal Diener halten?

König So viele als notwendig sind; aber auch nicht mehr.

Prinzessin Da muss ich eiligst trachten, mich bei Eurer Majestät als Dienstmagd zu verdingen. Denn wenn mein Budget auch mit diesem Maßstab gemessen werden soll, bleibt Mir ja nichts anderes übrig.

König Dazu ist ihr Beruf zu heilig, Prinzessin.

Prinzessin So, so! Eure Majestät sind Dichter und einem Dichter ist es gestattet, für Ideale zu schwärmen. Aber ein Volk ist auch poetisch; es will sich gerne glänzend vertreten sehen, es will gerne dafür zahlen - das ist seine Poesie!

König Sind Sie dessen sicher?

Prinzessin Vollkommen sicher! Das ist seine Ehre!

König Dann setze ich meine Ehre entgegen! Und meine Ehre verbietet es mir - zur Ehre meines Volkes und um dessen Poesie willen meinen Schlössern, meiner Leibgarde, meinem Hofstaat weiter als Dekoration zu dienen, voila tut.

Prinzessin Bester König, eine außerordentliche Stellung schafft außerordentliche Pflichten.

König Da kenne ich höhere Pflichten! Aber, Prinzessin, sollen wir beide denn in vollem Ernst - -

Prinzessin Ja, etwas kommt dabei in Betracht, worauf Sie noch kein Gewicht gelegt haben. Die Tradition, die Überlieferung haben es zu einer heiligen Wahrheit gestempelt, dass der König, die Majestät, in einsamer Größe hinter einem Wall von Männern von Reichtum, von Rang, von Angehörigen des alten Adels die Hoheit des Gesetzes vertreten soll, sie in Glanz und Schönheit vertreten soll. Tritt er aus dem Zauberkreis, so verliert das Gesetz seine Autorität.

König Haben Eure Königliche Hoheit schon gefrühstückt?

Prinzessin Nein. *(Sie bricht in Lachen aus.)*

König Hätten Eure Königliche Hoheit schon gefrühstückt, so würde ich Ihnen mit Vergnügen einen Vortrag über Geschichte gehalten haben, aber auf nüchternen Magen wäre das grausam.

Prinzessin*(erhebt sich)*. Nun - Sie waren ein so lustiger König und sind im Verlaufe eines Jahres so langweilig geworden.

König*(sich gleichzeitig erhebend)*. Allerschönste Prinzessin! Würde ich wirklich in Ihren Augen steigen oder fallen, je nachdem ich meinen Gardehut an- oder ablege?

Prinzessin In meinen –

König Oder in irgendjemandes Augen? Sie kennen doch die Geschichte von des Kaisers neuen Kleidern?

Prinzessin Ja.

König Wir betrügen nicht mehr damit.

Prinzessin Aber werden das alle verstehen?

König Sie verstehen es.

Prinzessin Also die Menge und ich, ich und die Menge – sehr schmeichelhaft!

König Gott bewahre mich davor, Eure Königliche Hoheit mit dem großen Haufen zusammenzuwerfen.

Prinzessin Es hat sich schon gezeigt, dass Eure Majestät nicht in aller Augen wie in den meinen denselben Wert behalten, was immer zu tun Ihnen in den Sinn kommt.

König Habe ich einen besonderen Platz im Herzen Eurer Königlichen Hoheit, so seien Sie überzeugt – –

Prinzessin Ich muss Sie unterbrechen, um Ihnen eine Unwahrheit zu ersparen. Denn um einen Platz im Herzen Eurer Majestät zu erlangen, darf man Sie nicht, wie ich, bewundern, nein, man muss im Gegenteil laut rufen: Ich verachte Sie! Au revoir!

König Schlimme, schreckliche, gefährliche –

Prinzessin – allwissende, allgegenwärtige Prinzessin *(Sie geht mit einer tiefen Verbeugung ab.)*

König Trotz allem: mein Herz folgt Ihnen – – –

Prinzessin Zur Tür! Ja, das weiß ich, Gräfin! *(Sie verschwindet.)*

Vierte Szene

König. Halbe (ein alter Herr in Zivilkleidung).

König Wie, zum Teufel, hat sie – –

Halbe*(hinter dem König stehend)* Majestät!

König*(fährt herum)* Ah! Sind sie hier?

Halbe Wir sind schon längere Zeit im Park auf und ab gegangen. Aber Majestät waren in Anspruch genommen.

König Nicht in Anspruch genommen! - ich habe nur meine Seele durch Geplauder betäubt. Die Spannung war zu groß. - So sind sie also da? Beide?

Halbe Beide.

König Wirklich! *(überwältigt)* Nun - - - -warten Sie. - Ich kann nicht gleich! - Was überkommt mich da?

Halbe Ist Eurer Majestät nicht wohl? Sie werden so bleich.

König Meine Nerven sind wohl nicht ganz so wie sie sein sollten. Ist hier vielleicht in der Nähe Wasser?

Halbe*(erstaunt, mit der Hand weisend)* Der große Springbrunnen.

König Das ist ja wahr, das ist ja wahr! Ich kann mich wirklich nicht recht sammeln. Meine Zunge klebt mir am Gaumen. Wissen Sie - ich gehe dorthin, und Sie - Sie führen unterdessen die Damen hierher - - Sie ist hier! Sie ist hier! *(Er geht nach rechts, wendet sich nochmals zurück)* Vergessen Sie nicht den inneren Park abzuschließen!

Halbe Nein, gewiss nicht.

(König ab nach links, Falbe nach rechts)

Fünfte Szene

Halbe. Baronin Marc. Klara Ernst. Dann der König.

Halbe*(zu den Damen)*. Seine Majestät wird im Augenblick hier sein. *(Er geht nach rechts ab.)*

Klara Aber du gehst nicht weiter, als meine Stimme dich erreichen kann.

Baronin Nein, nein. Fasse dich nur! Es kann nichts geschehen.

Klara Mir ist doch so bange.

Baronin Da ist der König.

König*(sie begrüßend)*. Entschuldigen Sie, meine Damen, dass ich Sie warten ließ. Ich bin Ihnen sehr dankbar für Ihr Kommen.

Baronin Es ist nur auf Eurer Majestät feierliches Versprechen geschehen - -

König Das ich unverbrüchlich halten werde.

Baronin Ich verstand Ihre Worte so, dass Sie mit dem Fräulein allein zu sprechen wünschten - -

König Wollen Euer Gnaden vielleicht diesen Hügel besteigen? Die Aussicht von oben ist rühmenswert.

Baronin Die Unterredung wird wohl nicht zu lange währen?

König Ich bitte Euer Gnaden, uns in diesem Fall zu unterbrechen.

Sechste Szene

Der König. Klara Ernst.

König Ich will Ihnen, mein Fräulein, insbesondere nochmals meinen Dank dafür aussprechen, dass Sie so gütig waren, mir diese Zusammenkunft einzuräumen.

Klara Es wird die einzige bleiben.

König Das weiß ich. Sie wollten mir auf keinen meiner Briefe antworten –

Klara Ich habe sie nicht gelesen.

König So blieb mir nichts anderes übrig, als mich an die Baronin zu wenden, denn Sie müssen mich hören, Fräulein. *(Schweigen.)*

Klara*(zitternd).* Was haben Eure Majestät mir zu sagen?

König Ja, Fräulein, so mit einem Male kann ich das nicht aussprechen. Wollen Sie nicht gefälligst Platz nehmen?

Klara*(bleibt stehen).*

König Fürchten Sie nichts. Ich will Ihnen nichts Böses zufügen, ich kann Ihnen nichts Böses zufügen.

Klara*(mit Tränen in den Augen)* Wie nennen Sie dann die Verfolgung, die jetzt länger als ein Jahr gewährt hat?

König Wenn Sie einen einzigen meiner langen, zahlreichen Briefe gelesen hätten, so wüssten Sie es. Ich nenne es ein Gefühl, das stärker ist als ich.

Klara*(wendet sich zum Gehen)*

König*(erschreckt)* Fräulein, bei allem, was Ihnen teuer ist, verlassen Sie mich nicht.

Klara Dann dürfen Sie mich nicht beleidigen.

König Wenn das eine Beleidigung ist, dann sind Ihre Bedingungen schwer zu ertragen.

Klara Schwer zu ertragen! Nein, was Sie mir getan haben, ist schwer zu ertragen. *(Sie weint.)*

König Weinen Sie nicht, Fräulein, Sie wissen nicht, wie unrecht Sie mir tun.

Klara*(zornig)* Wissen Sie, was es zu bedeuten hat, wenn man den Ruf eines jungen Mädchens zu zerstören versucht?

König Ich wiederhole Ihnen, dass Sie mir jetzt unrecht tun.

Klara Unrecht?! Großer Gott! Wissen Sie, wer ich bin?

König*(nimmt ehrerbietig den Hut ab)* Sie sind das Weib, das ich liebe.

Klara*(mit ruhiger Würde)* Sie haben feierlich versprochen, mich nicht zu beleidigen.

König So wahr die Sonne Sie und mich durch dieses herbstliche Laub bescheint, ich will, ich kann Sie nicht beleidigen. Aber ich will mich nach Ihrem Wunsche richten.

Klara Wenn ein König zu einer armen, unbedeutenden Lehrerin Worte spricht, wie Sie soeben, dann ist das nicht nur eine Beleidigung, – es ist so feig, so niedrig, dass Sie dazu den Mut haben konnten, nach dem, was Sie an meinem Vater getan haben!

König An Ihrem Vater? Ich?

Klara Wissen Sie wirklich nicht, wer ich bin?

König Ich verstehe nicht – – ?

Klara Ich meine, wessen Tochter ich bin?

König Ich weiß nur, dass Ihr Name Ernst ist. *(Plötzlich)* Sollten Sie eine Tochter sein von – –

Klara Professor Ernst.

König Dem Republikaner?

Klara*(langsam)* Ja. *(Schweigen)* Muss ich Euer Majestät daran erinnern, dass er wegen Majestätsverbrechens verurteilt wurde? Warum? Er warnte die studentische Jugend vor dem schlechten Exempel des Königs. *(Schweigen)* Er wurde zu mehrjährigem Kerker verurteilt. Auf der Flucht aus dem Gefängnis brach er beide Beine. Als Krüppel, des Landes verwiesen – lebt er jetzt von meiner Arbeit. *(Schweigen.)* Sein Leben haben Sie zerstört, jetzt versuchen Sie auch das meine zu zerstören.

König Fräulein!

Klara Es ist töricht, dass ich jetzt weine. Aber ich weine nicht aus Mitleid mit mir oder meinem Vater, sondern weil mich dieses himmelschreiende Unrecht empört.

König Gott ist mein Zeuge, könnte ich das Unrecht gut machen - - aber was kann ich - -?

Klara Mich in Frieden lassen, sodass ich arbeiten kann - das können Sie tun. Und mehr verlangen wir nicht - von Ihnen.

König Ich möchte mehr tun!

Klara*(einfallend).* Nein! - Können Sie denn nicht begreifen, dass das Mädchen, das Sie verfolgen, nicht Lehrerin bleiben kann? Das einzige, was Sie erreichen können, ist, dass Sie mir das Brot nehmen, mit dem ich meinen Vater ernähre. O mein Gott!

König Aber, Fräulein, ich glaube nicht, - -

Klara Dass Sie eines Mannes Herz in der Brust tragen und noch imstande sind, sich zu schämen.

König Ja, sagen Sie mir nur alles!

Klara*(stolz).* Ich habe nichts mehr zu sagen. Das war alles! *(Sie will gehen.)*

König Nein, gehen Sie nicht. Sie haben mich ja noch nicht angehört. Sie wissen ja nicht, was ich von Ihnen will.

Klara O Schmach!

König*(ihr nacheilend).* Sie sind vollkommen in einem Irrtum befangen. Hätten Sie nur einen einzigen meiner Briefe gelesen, so wüssten Sie, dass Sie vor einem Manne stehen, den Sie gedemütigt haben. Ja, sehen Sie mich nicht so misstrauisch an. Es ist wahr, so gewiss Sie mich dazu gebracht haben, wahr sein zu wollen. Sie glauben mir nicht? *(verzweifelt.)* Wie, wie kann ich - -? Ein Mann, der Ihrer Verachtung länger als ein Jahr getrotzt hat, der an Ihnen festhält ohne ein Wort der Antwort, ohne irgend ein Zeichen der Gewährung zu erhalten, kann das doch nicht nur in leichtsinnigen Absichten tun? Glauben Sie auch das nicht?

Klara Nein.

König Aber es gibt doch einfache, allgemeine Wahrheiten, die Sie, Ernsts Tochter, glauben müssen. So frage ich Sie denn, ob Sie nicht begreifen können, wie ein Mann werden kann, wie ich an dem Tage war, da ich Sie beleidigte? Sie kennen doch aus den Büchern Ihres Vaters die unnatürliche Natürlichkeit, in der ein König aufwächst. Die seelenverderbende Selbstbeobachtung, zu der die Verhältnisse und alle Menschen das Königskind zwingen, sodass es selbst in seinen Träumen noch ein Doppelleben führt. Die Doppeldeutigkeit, die es täglich kennen lernt, wenn es sieht, dass alles Gute, das in seiner Umgebung getan wird, nur zur Schaustellung dient und allem Schlechten das verhüllende Mäntelchen des Geistes, der Schönheit, der Heiterkeit umgehängt wird. Glauben Sie nicht, dass ein junger König, der sich blind in den Strudel des Lebens stürzt, wie ich es tat, eine Entschuldigung hat, die kein anderes Menschenkind für sich anführen könnte?

Klara Ja, das glaube ich.

König Dann glauben Sie doch auch, dass die Stellung, in die er als konstitutioneller König tritt, auf Lügen gefestigt ist? Und dass das so offenkundig ist, dass er es selbst bisweilen fühlen muss? Um nur die erste und größte zu nennen: der heilige Beruf. Kann ein heiliger Beruf erblich sein? Kann der Welt erster und höchster Beruf erblich sein?

Klara Nein.

König Nein und tausendmal nein! Nehmen Sie nun an, dass er das fühlt! Nehmen Sie an, dass der junge König teils klar, teils dunkel die Lügen fühlt, die ihn umgeben, dass sie ihn anekeln, und er vor ihnen in ein lustiges Leben hinein flieht. Glauben Sie nicht, dass mancher gut angelegte Prinz das getan hat? Kann man nicht sagen, dass gerade jene, die gute Keime in sich tragen, es tun werden – kann man das nicht? Und wenn er eines Morgens, wenn die Sonne nach den Wirren einer durchschwärmten Nacht ins Zimmer scheint, einem Wort gegenübersteht, das ihm in eben dieser Nacht gesagt ward, ein wahres Wort – – *(Er hält inne)*

Klara *(sieht verwundert auf)*

König Ich verachte Sie!

Klara *(macht eine Bewegung)*

König Solch ein Wort kann viele Lügen ausbrennen. Und man kann sich wohl sehnen, den Mund, der es gesprochen, wieder sprechen zu hören. Niemals noch hat ein Mensch die Ursache seiner Wiedererstehung gehasst. Hätten Sie nur einen der Briefe gelesen, die es mich zu schreiben drängte, selbst wenn sie nicht angenommen wurden – Sie hätten nicht von einer »Verfolgung« gesprochen.

Klara *(schweigt).*

König Und die Verfolgungen Ihres Vaters? Ich will mich nicht damit entschuldigen, aber doch daran erinnern, dass der König das Gesetz und den Richterspruch nicht in der Gewalt hat. Ich bringe Ihrem Vater die höchste Achtung entgegen.

Klara Ist das wahr?

König Und das ist auch eine von diesen Lügen, dass er verurteilt werden musste, weil er das von mir gesagt, was ich mir tausendmal selbst gesagt habe.

Klara *(sieht ihn prüfend an).*

König Hätten Sie nur einen einzigen meiner Briefe gelesen oder die kleine Gedichtsammlung, die ich Ihnen zusandte! Da Sie Briefe nicht annahmen, dachte ich, dass ein gedrucktes Buch – –

Klara Ich nehme anonyme Sendungen nicht an.

König Die Gedichte hatten nämlich auf Sie Bezug – womit ich nicht gesagt haben will, dass sie von mir seien. Darf ich ihnen eins vorlesen.

Klara Ich verstehe nicht – –

König Bei einem würde ich besonderen Wert darauf legen, dass – Sie es kennen lernen. Es erklärt, was Sie nicht glauben wollen.

Klara Trotzdem es nicht von Ihnen ist?

König Die besondere Beachtung, die ich ihm zuwendete, beweist, dass sein Gedankengang dem meinen entspricht.

Klara *(sieht auf).*

König Das darf Sie nicht allzu sehr wundernehmen, Fräulein. *(Er zieht ein ganz kleines Heftchen hervor)* Es kommt ja mitunter vor, dass unsere Gedanken von einem anderen so glücklich zum Ausdruck gebracht werden, dass wir uns diese Ausdrucksform fürs Leben aneignen, *(Er blättert.)* Es wird sehr kurze Zeit in Anspruch nehmen. Darf ich?

Klara Wenn ich nur begreifen könnte – –

König Warum ich das will? Ganz einfach, weil Sie mir das Schreiben verboten haben und das Sprechen verboten haben, aber noch nicht das Vorlesen.

Klara *(lächelt).*

König Wissen Sie, dass jetzt ein kleines Ereignis in meinem Leben eingetreten ist, das doch nicht gar so klein ist – jetzt, gerade jetzt?

Klara Was wäre das?

König Ich habe Sie zum ersten Mal lächeln gesehen.

Klara Majestät!

König Aber. Fräulein, ist es denn auch eine Beleidigung, Sie lächeln zu sehen?

Klara Wenn ich also durchaus das Gedicht hören soll, kann nicht auch die Baronin – –

König Es hören? Mit Vergnügen. Aber nicht gleichzeitig. Ich bitte darum! Denn ich bin ein sehr schlechter Vorleser. Sie können es der Baronin dann mitbringen, wenn Sie wünschen.

Klara*(lächelt)*

König Darf ich?

Klara Es enthält doch nichts – –

König Sie können mich unterbrechen, wenn es Ihnen wünschenswert erscheint. Es heißt der »junge Fürst« und es schildert – ja, ich will nichts weiter sagen, als dass ich Sie bitte, Platz zu nehmen, damit ich mich selbst auch sehen kann. Denn wenn ich stehe, dann beginne ich mit Kopfstimme zu deklamieren und das klingt ganz erschrecklich. Sie können ja wieder aufstehen!

Klara*(lächelt und setzt sich)*

König*(sich gleichfalls setzend)* Also: der junge Fürst. *(Für sich)* Ich kann kaum atmen. Zu früh bewundert, drum so bald schon matt – *(Er bricht ab)* Ich bitte, warten Sie ein wenig, Fräulein. Ich leide bisweilen an – –

Klara*(erhebt sich)* Eure Majestät befinden sich nicht wohl?

König*(erhebt sich gleichfalls)* Vollkommen! Es ist nur – – Also – –

(Sie setzen sich. Er beginnt. Im Anfang stockt er bei jeder Zeile)

Zu früh bewundert, darum so bald schon matt.
Zu früh umschmeichelt, darum so bald schon satt,
In Volkeslied' sah er nur Volkeslaunen,
Der Menge Huld'gung dünkt' ihm bloß dummes Staunen.

Er floh die Lüge, wählte froh das Leben,
Das allumfassende! Gesellt' sich voll Vertrauen

Den frohen Männern und den schönen Frauen; -
Was er begehrte, stets ward es gegeben.

Stets ward's gegeben, - bis einst ein junges Weib,
Dem trunknen Blicks er zugeraunt:
»Ach, sterben könnt" ich um deinen Leib!« -
Sich wandte stumm, schmerzlich erstaunt.

Sie zu gewinnen setzt er alles dran!
Doch da sie zu verachten ihn gewagt,
(hält einen Moment inne)
Da war's, wie wenn sein Urteil ihm gesagt. -
Mit jenem Wort sein Leben ihm zerrann.

Den Hof entlässt er, und ein Schlummer fällt
Aufs Königsschloss. *(Hält inne.)* Er wacht allein
In Qual und Reu', - ein düstrer Schein
Von Furcht und Graun verdunkelt ihm die Welt.

Da schaut er sie! Und in dem milden,
Süß-milden Glanz: »wenn du nur willst,« er fleht.
Und wenn es jetzt noch nicht zu spät -

(Eine heftige Bewegung zwingt ihn innezuhalten, er steht auf und geht nach rückwärts. Klara hat sich gleichfalls erhoben.)

König*(kommt zurück)*. Verzeihen Sie, es war nicht meine Absicht, Szenen aufzuführen. Aber ich musste daran denken - - - - *(Er muss sich von neuem unterbrechen und entfernt sich wieder. Er verweilt ein wenig im Hintergrund, ehe er wieder zurückkommt.)* Das ist, wie Sie hören, Fräulein, nicht eigentlich ein Gedicht, d. h. es ist nicht von einem Poeten geschrieben. Ein Dichter hätte schwungvoll gesprochen. Dieses Gedicht ist kalt und trocken. Und meine Nerven sind nicht ruhig genug - - - - Ja, entschuldigen Sie.

Klara Haben Eure Majestät mir noch mehr zu sagen?

(Schweigen.)

König Ob ich Ihnen noch mehr zu sagen habe?

Klara Verzeihen Sie!

König Nein, ich muss Sie um Verzeihung bitten. Aber Sie wollen doch wohl nicht mehr, dass ich vor Ihnen lügen soll?

Klara*(abgewandt)*. Nein!

König Sie haben kein Vertrauen zu mir. *(Dämpft gewaltsam seine Bewegung.)* Können Sie es nicht verstehen, dass das Einzige in der Welt, dessen ich jetzt bedarf, das Vertrauen eines Menschen ist?

Klara Wer so gesprochen hat, wie heute Eure Majestät, der bedarf sicherlich mehr.

König Er bedarf mehr, aber vor allem das Vertrauen eines einzigen Menschen.

Klara*(ausweichend)*. Das verstehe ich nicht.

König*(einfallend, bewegt)*. Sie haben nie so innerlich gelebt wie ich.

Klara Sie haben ja ein Werk zu vollbringen, das ein Leben ausfüllen kann.

König Ich habe einmal von einer elektrischen Leitung in einem unterminierten Felsen gelesen, die mit Pulver gefüllt ist. Nur ein leichter Druck auf einen kleinen Knopf und der große Felsen zerspringt in Millionen Stücke. Sehen Sie, alles ist fertig. Aber der kleine Druck - auf den warte ich.

Klara Das Bild ist etwas willkürlich gewählt.

König Und ist mir doch so unwillkürlich gekommen, ja so unwillkürlich wie Sie jetzt diesen Zweig abbrechen. Entweder so -oder es geschieht nichts -es wird nicht gesprengt! Dann leben Sie wohl! Dann lasse ich mich selbst sinken.

Klara Sinken?

König Nein - nicht wie in den Romanen, nicht einmal wie ein Stein, der zu Boden sinkt. Wie ein Träumer, der in den Bann der Waldgeister gerät - dem nur ein Name im Gedächtnis verbleibt. Die Welt soll sich dann allein weiter helfen.

Klara Aber das ist ja leichtsinnig!

König Ja, gewiss, das ist es. Aber ich bin leichtsinnig! Alles auf eine Karte!

Klara Dann muss sie wohl gewinnen!

König Ich bin verwegen genug, es zu hoffen und bisweilen scheint es mir, als wäre ich dessen sicher.

Klara Heute ist ein reizender Morgen

König - für einen Herbsttag. Sie haben recht. Und nirgends so reizend wie in diesem Park.

Klara Aber ich verstehe doch die Sehnsucht nicht recht. *(Sie stockt)*

König – Die diese Bedingungen stellt. Ja, jeder fasst die Sache auf seine Weise an. Mein Leben muss in seinem innersten Innern etwas enthalten, was mich in seinen Zauber bannt. Das ist phantastisch. Aber Leute aus alten, verweichlichten Geschlechtern werden Phantasten. Jetzt träume ich von einem bürgerlichen, Wohl abgeschlossenen Hause, das mein eigen ist, von dem ich mich an meine Arbeit begebe und in das ich wieder zurückkehre wie in einen Zauberkreis. Das ist der Knopf der elektrischen Leitung! Wenn ich das erreicht habe, dann ist auch der Druck schon da – dann geht der Felsen in die Luft.

Klara Haben Sie das Buch meines Vaters gelesen? Das Volks-Königtum?

König Dieses Buch hat mich erweckt.

Klara Es ist in meiner Kindheit geschrieben worden. Ich kann darum auch sagen, dass ich in Gedanken aufgewachsen bin, wie ich sie heute hier aussprechen gehört habe. Alle Gäste unseres Hauses sprachen davon.

König Da hörten Sie sicherlich auch oft den Namen des Kronprinzen nennen?

Klara Es wurde gewiss kein anderer Name so oft genannt in unserem Haus. Ich glaube, das Buch ist geradezu für ihn geschrieben worden.

König Das fühle ich, wenn ich es lese. Ja, hätte man es mir damals gegeben – – –. Erinnern Sie sich, dass auch Ihr Vater die Möglichkeit aller Reformen davon abhängig macht, dass der Ring der Fürsten durchbrochen wird? Dass der König, wie er sagt, mit seinem Volke eine Ehe eingeht, nicht zur linken Hand, sondern in voller Legitimität? Niemand kann mit seinem Volke denken, der abgeschlossen in einem großen Schloss bei einer fremden Prinzessin wohnt. Das Nationalgefühl kann sich nicht erhalten inmitten eines geschmeidigen Hofstaates mit ausländischem Zeremoniell.

Klara*(abgewendet)*. Sie hätten Vater hören sollen! Wie er darüber sprach!

König Und doch hat er diese Überzeugung verlassen.

Klara Er wurde Republikaner.

König Ja, ich weiß es.

Klara Mein Vater ist so sehr getäuscht worden.

König Es wundert mich bisweilen, dass nicht alle Republikaner geworden sind. Die Könige müssten das begreiflich finden.

Klara Das zu verstehen wird ihnen durch ihre Umgebung so schwer gemacht.

König Sehen Sie, auch aus diesem Grunde muss der Anfang einer Reform im Heim liegen. Glauben Sie, dass ein König, der jeden Tag von einem Heim zu seiner Arbeit ginge, das ganz so wäre wie jedes Heim des Volkes, glauben Sie, dass er auf die Dauer fehlgehen könnte?

Klara Nicht alle Heimstätten sind einander gleich.

König Ich meine ein Heim, in dem Liebe an Stelle der Staatsrücksichten steht, Traulichkeit an Stelle des Zeremoniells, Wahrheit an Stelle der Schmeichelei. Ich meine – aber ich will einem Weib nicht lehren, was ein Heim ist.

Klara Es ist wohl so wie wir selbst sind.

König Gewiss – aber insbesondere so, wie das Weib ist. *(Schweigen.)*

Klara Jetzt scheint die Sonne schon ganz kräftig.

König Aber sie hat doch noch Mühe, das Laub zu durchdringen.

Klara Wenn die Sonne scheint wie jetzt und die Blätter erzittern – das ist so schön.

König Das ist wahr. – Ja, das Heim ist das Kostbarste, was ein Volk geschaffen hat. Seine nationalen Eigentümlichkeiten schließen die Erinnerungen und die Entwicklungsmöglichkeiten des Volkes in sich.

Klara Ich verstehe jetzt besser, was Sie früher meinten.

König Dass ich mit dem Anfang anfangen will?

Klara Ja. *(Schweigen)*

König Ich kann nicht anders. Man gerät auch sonst auf Irrwege, man wird Fanatiker oder Phantast.

Klara Ich glaube. Sie haben recht. Hätte meine Mutter gelebt – – *(Sie stockt.)*

König So wäre auch bei Ihrem Vater manches anders gekommen als in letzter Zeit. Wollten Sie das sagen?

Klara Ich habe es mir mitunter gedacht. *(Schweigen)* Wie still es hier ist.

Klara Wir sind ganz allein. Wir und der Springbrunnen.

Klara Es ist Zeit, die Baronin aufzusuchen.

König Sie ist hier oben auf dem Hügel. Soll ich Sie holen? Oder lieben Sie die weiten Aussichten?

Klara Ja.

König Dann gehen wir zusammen hinauf. *(Sie gehen)*

Drittes Zwischenspiel.

Musik. Ein Wolkenwagen, so voll lustiger Wesen, dass der unendliche Raum ganz erfüllt scheint. Die Musik jubelt und geht in folgenden Hymnus über.

Du, der alles schuf, was ist,
Ewig Werdender, - du bist
Unbeschirmt vorm letzen Schlage!
Gabst wohl allem eignen Willen
Wissend, dass dies Bundes Lilie
Nur nach deinem Willen wächst.

Lass sie schwanken, lass sie beben,
Blüte wächst in Sturm und Regen,
Bieg' sie nur nach deinem Sinn,
Dass sie wachs' in stolzem Gleißen
Zu uns Geistern auf, die preisen
Dich du Vater, Geisterfürst.

Stumm sie wandern
Miteinander,
Von dem Frühling neugeboren
Stehn sie stumm vor seinen Toren,
Trauen ihren Augen kaum,
Alles Leben ist wie Traum.
Altes schwindet, Neu's erscheint.
Eng es ihre Seelen eint,
Herrlich ist die Frühlingszeit!

Stumm sie wandern. Nicht einmal
Das Auge spricht. Mächt'gen Schall
Ihre Seele hat erlauschet
Aus der Welten-Harmonie,
Die den Weltenraum durchrauschet
Seit des Daseins Urbeginn.

Göttlich groß
Um die Erde
Wie ein Sonnensang sie floss.

Stumm sie wandern. Klänge rauschen –
Wie im Bann die beiden lauschen,
Sprechen nicht.
Doch auf einmal
Alles spricht! Tönt und springt,
Blüht und duftet, leuchtet, klingt,
Ton und Farbe fließt zusammen
Singet jauchzend Jubellieder
Prangt in Schönheit, glüht in Flammen, –
Himmel sinkt auf Erden nieder
Und in diesem mächt'gen Wogen
Wächst das Leben, strahlt die Ferne,
Ziele werden erst die Sterne
Ihrem kraftvoll kühnen Wallen.

Dritter Akt.

Erste Szene.

Offener Platz in einer großen Stadt. Abend, der Platz ist spärlich erleuchtet. Rechts ein großes, frei dastehendes Gebäude, hell erleuchtet; eine Treppe führt auf den Platz hinab. Über dem Tor und der Treppe ein großer Balkon. Der Platz ist voll mit Menschen. Im Hintergrund, auf dem Untersatz einer Ritterstatue, steht ein Mann und singt, begleitet sich selbst auf bei Gitarre, einige andere Instrumente. Man hört das Lied schon, bevor der Vorhang aufgeht. Zigarren, Apfelsinen und dergl. werden herumgeboten.

(Der Refrain der ersten Verse wird von dem Sänger allein gesungen, Gelächter folgt darauf. Aber nach und nach singen immer mehr Stimmen mit. Die Beteiligung der Zuhörer steigert sich, je mehr die Vorgänge im Liede wiedererkannt werden.)

Der junge Prinz gar innig fleht
Und bat und bat und bat,
Die Jungfer aber listig sprach:
»Ich glaub' nicht deinem Rat!«

(Zwischenspiel)

Sie wusste wohl, der Liebe Macht
Hält fest wie eine Kette,
Und selbst der Thron in seiner Pracht
Neigt sich vor einem Bette.

Der junge Prinz zur Antwort sprach:
»Uns eint der Ehe Band!«
Die Jungfer spöttisch darauf spricht:
»Vielleicht zur linken Hand?«

(Zwischenspiel, Refrain.)

»Nein, nein, zur Rechten! Süße Maid!
Sei meine Königin!«
Die Jungfer spöttisch spricht: »Verdammt!
Das war' nach meinem Sinn!«

(Zwischenspiel usw.)

Dann kam sie, seufzte: »Edler Fürst,
In jedem Königssaal
Sitzen viel schöne Prinzessinnen

Und harrn des Herrn Gemahl!«

(Zwischenspiel usw.)

Er darauf: »Bah!« - »Versucher doch,
Die dich gelenkt so keck?« -
»Wen meinst du denn?« - »Minister doch!«
- »die jag' ich schimpflich weg!«

Doch denk' der Generale bloß,
An Adel, Kirche, denk.
Es gibt Empörung riesengroß,
Man scheut uns wie die Pest!«

»Sei ohne Furcht! Ich schaffe dir
Elf Dutzend neue ein,
Die bücken sich und beugen sich
In neuer Gnade Schein.« -

»Der Radikale drohend steht!
Mein Vater selbst! - O weh - !«
»Der Hahn, der dann am höchsten kräht,
Der soll Minister werden.«

»Gesetzt das Volk, in Tat und Wort
Weigert' die Huldigung?« - »Bah
Ein Orden hier, ein Titel dort
Und alle schrein hurra!« -

»So bin ich dein!« - Der Jubel groß,
Er kommt mit froher Eile. - -
»Nein, wart', mein trauter Königsspross,
Bis nach der Hochzeit, stopp!«

(Zwischenspiel.)

Sie wusste wohl, der Liebe Macht
Hält fest wie eine Kette,
Und selbst der Thron in seiner Pracht
Neigt sich vor einem Bette.

(Nachdem einige Strophen gesungen sind, beginnt folgendes Gespräch, das durch den Refrain unterbrochen, dann aber wieder aufgenommen wird.)

Ein älterer Herr zu einem anderen Was geht hier vor?

Der zweite ältere Herr Ich weiß nicht. Ich kam soeben.

Ein Handwerker Der König kommt hier mit ihr vorbei.

Erster älterer Herr Er kommt hier vorbei mit ihr? Zur Cour aufs Schloss?

Handwerker Ja.

Zweiter älterer Herr*(eine Prise nehmend).* Und nun wollen die vom Adelsklub da drüben wahrscheinlich demonstrieren? Pfeifen - nicht wahr?

Handwerker Man sagt so.

Erster älterer Herr Der ganze Adel will ja der Cour fernbleiben?

Ein feiner Herr Einstimmiger Beschluss!

Eine Frau Pfui Teufel!

Der feine Herr Was sagen Sie?

Frau Ich sage, die da drinnen lassen sich gnädigst herab, bürgerliche Mädchen zu verführen. Aber sie zu heiraten, lassen sie sich nicht herab. Der König tut's.

Handwerker Zum Teufel, es wäre besser, wenn er sich auch nicht dazu herabließe, wie die anderen.

Frau Ich kenne Leute, die sagen, sie soll ein wirklich achtbares Mädchen sein.

Feiner Herr Sie haben wohl keine Zeitungen gelesen?

Erster älterer Herr Hm; - man muss etwas vorsichtig damit sein, den Zeitungen zu glauben.

Zweiter älterer Herr*(nimmt eine Prise).* Es freut mich, das zu hören! - Hier wird so viel zusammengeschwatzt. - Wie eben jetzt dieses liederliche Lied!

Frau Ja, das kommt von da drinnen, das weiß ich.

Feiner Herr Nehmen Sie sich in acht, was Sie sprechen, Sie!

Frau Ich sage nur, was ich weiß.

Flink*(tritt neben dem Sänger hervor).* Schweig' mit diesem hässlichen Lied! Ich will zu denen hier sprechen!

Aus der Menge. Wer ist das?

Flink Ihr kennt mich nicht. Ich habe niemals öffentlich gesprochen. Am allerwenigsten bei einem Straßentumult.

Aus der Menge Wozu tust du es denn jetzt?

Flink Weil ich beauftragt bin, es zu tun!

(Balkon, Treppen, Fenster des Adelsklubs füllen sich. Lärm.)

Aus der Menge Pst! Hören wir zu!

Flink Hört mich an, gute Leute! Mich kennt Ihr nicht! Aber Ihr kanntet einst einen hochgewachsenen Mann mit langem, weißen Haar und Kalabreser, der oftmals zu euch sprach, und das war Professor Ernst.

Aus der Menge Es lebe Professor Ernst! *(Ruhe.)*

Flink Er wurde, wie ihr wisst, wegen Majestätsbeleidigung zu Zuchthausstrafe verurteilt; entwich, aber brach dabei beide Beine. Nun lebt er als Landesflüchtiger, ein siecher Krüppel.

Aus der Menge Er wurde begnadigt.

Ein anderer aus der Menge Niemand weiß, wo er ist.

Flink Ich weiß, wo er ist. Er ist es, der mich beauftragt hat, heute zu euch zu sprechen.

Aus dem Adelsklub Bravo!

Aus der Menge Er war es! Hoch Professor Ernst!

Vom Adelsklub Stille da unten!

Flink Er hat mich beauftragt an dem Tag, da seine Tochter als Braut des Königs im Schlosse einziehen soll, an dem Tag hinzutreten vor das Volk und zu sagen: – sie tut das gegen ihres Vaters Willen, gegen seine inständigen Bitten und Befehle.

(Vom Adelsklub laut »Bravo!« Auch aus der Menge Rufe: »Das lässt sich begreifen!«)

Flink Ich bin beauftragt, öffentlich zu erklären, dass er darum seine Tochter verachtet und verflucht!

(Neue Bravorufe vom Adelsklub. Aus der Menge: »Du mein Gott!« und »Das ist entsetzlich!« – »Nein, es ist gerecht!« Lärm.)

Flink Stille, gute Leute!

Ein junger Mann aus der Menge Darf ich eine Frage stellen?

Aus der Menge Nein! – Ja! *(Es wiederholt sich: Gelächter.)*

Flink Bitte!

Junger Mann Professor Ernst ist jener Mann, der dem Königtum diesen Weg gewiesen.

Einige aus der Menge Hört! Hört!

Flink Und zum Dank dafür ins Zuchthaus geworfen wurde, und nun ein totkranker Krüppel ist. Keinem ist übler mitgespielt worden als ihm von den Söldnern des Königtums. Und nun geht seine Tochter hin und will Königin werden!

Graf Platen*(vom Balkon des Adelsklubs)*. Es gehört kein großer Mut dazu, sie zu tadeln. Nein, ich sage, das alles ist die Schuld des leichtfertigen Königs!

(Gewaltiger Lärm. »Weg mit ihm!« hört man vom Adelsklub.)

Flink Ich wollte auch über ihn sprechen, der .... Aber schafft erst Ruhe da drüben im Adelsklub!

Aus der Menge Sie hauen sich drinnen!

(Gelächter, Lärm. Man hört deutlich den Grafen Platen rufen: »Lasst mich in Ruhe! Lasst mich los!« Und andere: »Lasst ihn nicht hinaus!« »Er ist betrunken!«)

Graf Platen*(kommt die Treppe herab, ohne Hut und Überrock)*. Ich will zu euch sprechen! Ihr seid besser als das Pack da drinnen! *(Bravorufe.)* Ich sage, der König wird jetzt bald mit einem Frauenzimmer hier vorbeikommen. *(Bravorufe. Gelächter; alles drängt herbei; Polizei will eingreifen; Schlägerei.)*Pfeift, wenn er kommt! – *(»Nieder mit ihm!« und »Bravo!« und »Hurra!« hört man nebeneinander.)* – Ich, Graf Platen, sage: Kreischt, heult, macht Katzenmusik, wenn er kommt! Er besudelt den Thron! Ich, Graf Platen, sage das! – *(»Es lebe Graf Platen!« – »Es lebe der König!« hört man zugleich. Schlägerei. Der Graf wird ein paarmal hin und her gezerrt und spricht jedes Mal, wenn er sich freigemacht hat.)* – Er besudelt den Thron! Er will die Tochter eines Majestätsverbrechers heiraten! Pfui! – Ich, Graf Platen, sage das! Hier stehe ich! usw.

(Hornsignale. Rufe: »Der König kommt!« »Nein, die Kavallerie! Kavallerie! Der Platz soll geräumt werden!« Ein Schuss fällt. Schreie, Flucht, Hornsignale. – Der Vorhang fällt.)

Szenenwechsel

Bei der Baronin: dürftig eingerichtet.

Zweite Szene.

Baronin Marc. Eine Dienerin. Dann Gran.

Eine Dienerin*(reicht der Baronin eine Karte).*

Baronin*(liest).* Der Minister des Innern! - Lass ihn eintreten. *(Eilt ihm entgegen.)*

Gran*(tritt ein).*

Baronin Willkommen daheim, Eure Exzellenz! - Haben Sie ihn also gefunden?

Gran Ja, jetzt ist er entdeckt.

Baronin Und Sie haben mit ihm gesprochen?

Gran Ja.

Baronin So werde ich die Tochter rufen!

Gran Um Gottes willen -

Baronin Was soll das?

Gran Er liegt im Sterben!

Baronin Was sagen Sie?

Gran Ich soll Ihnen vom König melden, dass er für zehn Uhr einen Extrazug bestellt hat, - von der Cour soll sie gleich zu ihrem Vater. Der König selbst wird sie begleiten.

Baronin Das war edel vom König.

Gran Dann - ob Sie so freundlich wären alles zu einer Nachtreise instandzusetzen.

Baronin Gewiss.

Gran Und ohne dass das Fräulein es merkt. Der König will nicht, dass sie vor der Cour etwas von dem Zustand ihres Vaters wisse.

Baronin Die Cour soll also stattfinden?

Gran Soll stattfinden. Nach der Cour will Seine Majestät selbst ihr davon Mitteilung machen.

Baronin Dafür bin ich ihm dankbar. - Aber was sagte Professor Ernst? - Warum hat er die Briefe seiner Tochter nicht beantwortet? - Warum hat er sich vor ihr verborgen? - Ist er wirklich unversöhnlich?

Gran Unversöhnlich? Er hasst sie!

Baronin Großer Gott!

Gran Und nicht nur sie, sondern alle, die gemeinsame Sache mit dem König gemacht haben. Alle!

Baronin Man hätte sich das denken können. - Wollen Sie nicht Platz nehmen! -

Gran*(verneigt sich, aber setzt sich nicht)*. Ich sprach zuerst mit seinem Arzte. Er hatte Bedenken, mich hineinzulassen. Seit vierzehn Tagen konnte Professor Ernst sich nicht mehr bewegen. Aber als ich von meinem Auftrag sprach, und dass ich vom Könige komme, ließ er mich ein.

Baronin Wie sah er aus? Er ist einmal eine prächtige Erscheinung gewesen.

Gran Er saß in einem großen Stuhl, lahm, zusammengesunken. Aber als er mich erblickte und begriff, wer ich war, wahrscheinlich auch, was ich wollte, - konnte er einen Augenblick sich nicht bewegen: dann aber ergriff er seine beiden Krücken und erhob sich auf ihnen! .. Das magere, aschfahle Antlitz, die fieberflammenden Augen, tief in den Höhlen ... Das buschige Haar und der Bart -

Baronin Er muss entsetzlich gewesen sein -

Gran Wie ein flammender Blitz, der aus der Wolke niederfährt! Es war gar nichts Menschliches mehr an ihm ...... wie der verkörperte Hass stand er da!

Baronin Jesus!

Gran Als ich endlich sprechen konnte, brachte ich ihm die Grüße seiner Tochter und fragte, ob sie ihn sehen dürfe. - Da schoss etwas Dunkles in sein Auge, sein Gesicht bekam für einen Augenblick Farbe: »Sie soll .... »weiter kam er nicht; er ließ die Krücken fallen und schlug zu Boden; Blut überströmte ihn; der Arzt eilte herbei; lange glaubten wir, dass er tot sei.

Baronin Aber er kam wieder zu sich?

Gran*(der sich abgewandt hat, kommt zurück)*. Ich wartete ein paar Stunden mit meiner Abreise. Endlich meldete der Arzt, dass er wieder erwacht sei, aber dass die Katastrophe gewiss nicht lange auf sich warten lassen würde - kaum einen Tag.

Baronin Es hat ihn so sehr ergriffen?

Gran Ja.

Baronin Aber was wollte er sagen? »Sie soll .... ?«

Gran Ich habe darüber gegrübelt.

Baronin Er kann ihr doch nichts Böses tun?

Gran Er kann sie so empfangen, wie er mich empfangen hat, wenn sie es wagt, zu ihm zu gehen.

Baronin Wenn der König sie begleitet?

Gran Gerade dann!

Baronin Das wird ja entsetzlich werden! – aber sie wird sich dadurch nicht umstimmen lassen!

Gran Das wollen wir hoffen!

Baronin Ich bin dessen sicher. Sie besitzt eine ungeheure Charakterstärke. – Darin ist sie ihres Vaters Kind.

Gran Ja, das ist auch mein einziger Trost.

Baronin Was meinen Sie damit? – Sie sprechen so niedergeschlagen.

Gran Ich meine, dass von ihrer Charakterstärke alles abhängt.

Baronin Dass der König also ... ?

Gran Hierüber wäre manches zu sagen, Frau Baronin; aber entschuldigen Sie, ich habe jetzt keine Zeit. *(Verneigt sich)*

Baronin Wie stehen die Wahlen?

Gran*(bleibt stehen)* Gut; – wenn es nur keinen Zwischenfall gibt!

Baronin Was könnte geschehen?

Gran Es liegt Elektrizität in der Luft; – man kann auf alles gefasst sein.

Baronin Sie sind besorgt, Exzellenz?

Gran Ich habe die Ehre, mich zu empfehlen.

Dienerin*(kommt)* Der Polizeiadjutant, der Seine Exzellenz begleitete, bittet, Sie sprechen zu dürfen.

Gran Ich komme. *(Zur Baronin.)* Es ist eine Art Straßenauflauf in Szene gesetzt, hier ganz nahe, – der Adelsclub an der Spitze.

Baronin*(erschreckt)* Was sagen Sie? – Wird nicht der König hier vorbeikommen?

Gran Seien Sie unbesorgt! Auch wir haben unsere Verhaltungsmaßregeln getroffen. – Frau Baronin! *(Geht)*

Dritte Szene

Baronin. Dann Klara.

Baronin Er hat mir angst gemacht. – Alles kommt auf einmal! Sie hat eine Ahnung davon gehabt, dass ihr Vater krank ist! ich habe es wohl gemerkt! aber sie wollte nicht davon sprechen.

Klara*(kommt festlich gekleidet).*

Baronin Bist du es, mein Kind? Und schon fertig?

Klara Ja!

Baronin*(sie betrachtend).* Nun – eine elegantere Königsbraut haben gewiss alle schon gesehen, eine reizendere – *(sie küsst sie)* keiner!

Klara Fährt da nicht ein Wagen vor?

Baronin Das wird der König sein.

Klara Das ist ja zu zeitlich, aber dennoch – Gott gebe, dass er es sei.

Baronin Fürchtest du dich?

Klara Nein, nein, es ist etwas anderes, was du nicht – – etwas – – es ist, als verfolge mich jemand, und ich weiß, wer es ist. Nur wenn der König bei mir ist, habe ich Frieden. Gott gebe, dass er es sei. *(Sie will gehen, um nachzusehen.)*

Dienstmädchen*(kommt.)* Eine Dame wünscht mit dem Fräulein zu sprechen.

Baronin Eine Dame?

Klara Nannte sie ihren Namen nicht?

Dienstmädchen Sie ist verschleiert und sehr elegant.

Klara*(bestimmt.)* Nein, ich empfange niemand.

Baronin Niemand, den wir nicht kennen. Du weißt das doch!

Dienstmädchen*(zögernd.)* Aber ich glaube, es ist – – *(die Tür wird geöffnet, eine verschleierte, sehr elegante Dame tritt ein.)*

Baronin*(ihr entgegentretend, bestimmt.)* Was soll das heißen? – Klara, geh!

Dame*(schlägt den Schleier zurück.)* Kennen Sie mich?

Klara und Baronin Die Prinzessin.

Prinzessin Sie sind Klara Ernst?

Klara Ja.

Prinzessin*(geht stolz an bei Baronin vorbei.)* Lassen Sie uns allein. *(Baronin ab.)* Bevor ich mich aufs Schloss begab, wollte ich hierher fahren – selbst auf die Gefahr hin, hier dem König zu begegnen.

Klara Er ist noch nicht gekommen. *(Langes Schweigen.)*

Prinzessin Haben Sie gut überlegt, was Sie jetzt tun?

Klara Ich glaube es.

Prinzessin Aber ich glaube es nicht. Haben Sie gelesen, was die Zeitungen darüber sagen? Welches Tageblatt immer Sie in die Hand nehmen?

Klara Nein, der König hat mir das erspart.

Prinzessin Aber die Briefe, die Ihnen zugeschickt wurden? Denn ich weiß, dass man Ihnen geschrieben hat.

Klara Der König hat mir auch das erspart. Er nimmt meine Briefe entgegen.

Prinzessin Wissen Sie, dass hier, ganz in der Nähe, ein Volksauflauf entstanden ist?

Klara*(erschreckt.)* Nein.

Prinzessin Man will Sie mit Pfeifen, Johlen und Steinwürfen empfangen. *(Da sie sieht, dass ihre Worte wirken.)* Sie haben das wohl nicht erwartet?

Klara Nein.

Prinzessin Was werden Sie tun.

Klara*(Nach einer kleinen Pause leise.)* Ich folge dem König.

Prinzessin Ja, das ist ein ehrenvoller Weg, auf den Sie den König geleitet haben! Und ich sage Ihnen: es wird immer schlimmer werden, je weiter Sie vorwärts schreiten. Sie können sich unmöglich auf alles vorbereitet haben, was Sie durchzumachen haben werden.

Klara Ich glaube doch.

Prinzessin*(überrascht.)* Wie meinen Sie das? – Auf welche Weise?

Klara*(mit gesenktem Kopf.)* Ich habe zu Gott gebetet.

Prinzessin Bah! – Ich glaube, Sie haben nicht recht erwogen, in welches Unglück Sie den König stürzen? In welche Schmach und Unruhe das ganze Volk? *(Klara schweigt.)* Sie sind ja noch so jung. Sie können noch nicht ganz verhärtet sein, welche Vergangenheit Sie auch gehabt haben mögen.

Klara(*hoch aufgerichtet.*) Ich habe keine befleckte Vergangenheit hinter mir.

Prinzessin So -o? Wie war denn also Ihre Vergangenheit?

Klara Leidvoll, Prinzessin, arbeitsreich. (*Schweigen.*)

Prinzessin Kennen Sie die Vergangenheit des Königs?

Klara(*mit gesenktem Kopf.*) O – ja!

Prinzessin Die Ihre wird nach der seinen beurteilt, wie immer sie gewesen sein mag.

Klara Das wusste ich. Und er sagte es mir auch.

Prinzessin Sieh, sieh. Wenn man es genau betrachtet, so bringen Sie also dem König ein Opfer. – Lieben Sie den König?

Klara(*leise*). Ja.

Prinzessin Nun, hören Sie, liebten Sie den König wirklich, dann brächten Sie ihm auch wirklich ein Opfer. Wir sind Frauen und müssen einander nicht mehr darüber sagen. Aber wahrhaftig, darin, Königin werden zu wollen, besteht es nicht,

Klara Nicht ich habe das gewollt!

Prinzessin Sie haben sich überreden lassen?! Entweder betrügen Sie sich selbst, mein Kind, oder Sie betrügen ihn. Vielleicht hat es mit dem einen begonnen und endet mit dem andern. Denn jetzt kann es Ihnen doch nicht mehr verborgen sein, wer hier ein Opfer bringt. Es wird ihm ja um Ihretwillen mit Verachtung begegnet.

Klara(*bricht in Tränen aus*).

Prinzessin Bereuen Sie, so beweisen Sie es, beweisen Sie es durch die Tat!

Klara Ich bereue es nicht!

Prinzessin(*verwundert*). Wie denken Sie also darüber?

Klara Es ist schrecklich gewesen. Aber ich bitte Gott um Kraft zu dulden.

Prinzessin Lassen Sie das doch beiseite! Das ist eine hässliche Unklarheit, halb Reue und halb Heuchelei. Die eine ist so in die andere hinübergeflossen, dass man sie nicht mehr trennen kann. Aber Sie können mir glauben, wir anderen wissen sehr gut, dass Heiligkeit und –

das andere - ich will es nicht nennen - schlecht zueinander passen? Lassen Sie diese Künste beiseite! Sie irritieren mich!

Klara Prinzessin, seien Sie nicht böse. Meine Lage ist ohnehin schlimm genug.

Prinzessin Warum, in aller Welt, dann in derselben Weise fortfahren? Wenn das nur Unklarheit ist, so lassen Sie sich belehren! Auch Ihren Vater haben Sie gegen sich?

Klara Ja. *(Sie lässt sich in einen Stuhl fallen.)*

Prinzessin Er hält sich vor Ihnen verborgen. Sie wissen nicht, wo er ist, wie es ihm geht - ihm, dem Krüppel und Kranken. Und Sie stehen unterdessen hier im Ballkleid, mit Rosen im Haar, auf dem Weg zur Cour ins Schloss. Durch den Volksauflauf und seine Verachtung, über Ihren kranken Vater hinweg schreiten Sie vorwärts, zum Königsthron. Welcher rücksichtslose Leichtsinn! Welche vermessene Vermengung von dem, was Sie für Ihre Liebe halten, für Opfer, Pflicht, Prüfung, mit falschem Ehrgeiz. Der König? Sie berufen sich auf den König? Der König ist ein Dichter. Er liebt das Ungewöhnliche, das Aufsehenerregende. Der Widerstand reizt ihn. Gerade das bringt ihn dazu, seine Liebe für unendlich zu halten. Eine Woche nach der Hochzeit ist das zu Ende. Wäre er nicht auf Widerstand gestoßen, es wäre schon früher zu Ende gewesen. Ich kenne den König besser als Sie; denn ich kenne seine Treulosigkeit. Die ist wie seine Liebe - unendlich. Sie sind bewegt? Ja. es schmerzt, in die Sonne zu schauen. Ich kann darüber mitsprechen. Ich bin nur gekommen, um zu sagen, was ich weiß. Jetzt, nachdem ich Sie gesehen habe, will ich noch etwas aussprechen: Wenn Sie es zulassen, dass die reiche Natur des Königs sich so verirrt, dass seine ganze Zukunft zerstört wird, dann wird sich seine Tat nach Ablauf einiger Zeit so schrecklich gegen Sie selbst kehren, dass Sie daran sterben werden. Denn Sie haben, ich sehe es, eine Natur, die Treulosigkeit, Reue und Verachtung töten können. - Sie sehen mich so bittend an. Nein, ich kann auch nicht ein Wort zurücknehmen. Aber den Beschluss, den ich gefasst habe, ehe ich hierher kam, will ich Ihnen mitteilen: Für Ihre Zukunft werde ich sorgen. Ich bin nicht reich, aber so wahr ich vor Ihnen stehe: Sie sollen sorgenlos leben können bis zu Ihrem Tod ; und, mehr als das: im Überfluss. Keinen Dank! Ich tue es um des Königs willen und um des Volkes willen, dem ich angehöre. Es ist meine Pflicht! - Sie müssen nur jetzt aufstehen und mir zu meinem Wagen folgen. *(Sie bietet ihr die Hand.)*

Klara *(die vom Stuhl herabgeglitten ist.)* Wäre das so leicht, dann wäre es längst, längst geschehen.

Prinzessin *(wendet sich ab, kommt wieder zurück.)* Stehen Sie auf! *(Sie reicht Ihr die Hand, um zu helfen.)* Lieben Sie den König?

Klara Ob ich ihn liebe? Ich bin ein mutterloses Kind. Ich lebte einsam mit einem politisch verfolgten Vater; ich teilte seit meiner frühesten Kindheit seine Ideale und habe mich nicht von ihnen losgemacht. Diese Ideale traten mir eines Tages greifbar vor die Augen und riefen mir zu: Wenn du willst, so werden wir leben. Darin liegt etwas Großes, etwas Übermächtiges – ein Ruf von Gott selbst. Dessen bin ich sicher!

Prinzessin Es ist ein Gedicht, das der König für Sie gedichtet hat.

Klara Dann will ich das Gedicht loben! Ich habe ihm meine Seele geweiht und habe dadurch neue Kraft gewonnen. Ich habe seit meiner Kindheit keine anderen Gedanken gehabt.

Prinzessin Und Sie glauben, dass alles so bleiben wird?

Klara Ja.

Prinzessin Ja, das müssen Sie auch glauben, Fräulein – bis er sein Ziel erreicht hat.

Klara Wenn Sie damit die Heirat meinen, so will ich Ihnen bemerken, dass das nicht unser letztes Ziel ist.

Prinzessin *(verwundert.)* Was sagen Sie da?

Klara Unser Ziel ist, zusammen ein Werk zu vollbringen und unsere Liebe soll sich darauf gründen und ihm die Weihe geben. Ja, sehen Sie mich nur an. Es sind seine eigenen Worte.

Prinzessin Diese Antwort – –? Dieser Gedanke – –? Aber welche Sicherheit haben Sie?

Klara Wofür?

Prinzessin Dafür, dass ihm das nicht nur von Ihnen eingegeben ist? Dafür – dass er nicht fortflattert?

Klara Wenn ich einer bedürfte – er hat um meinetwillen seine ganze Vergangenheit verleugnet: er wartete über ein Jahr. Hat er das vorher jemals getan? Er hatte es wohl auch niemals nötig, das zu tun!

Prinzessin *(macht eine Bewegung).*

Klara Denn ich erhebe Klage gegen jene, welche diese »weiche Natur,« wie Sie sich ausdrückten, verführt haben. Gegen mich kann sie nicht erhoben werden, Prinzessin. *(Schweigen.)* Ich wies ihn zurück so gut ich konnte, als er zu mir kam – wie zu den andern. *(Schweigen,)* Es ist gewiss kein Opfer, seine Gattin zu werden. Wer liebt, kann nicht von »Opfer« sprechen. Aber in der Stellung, in die ich jetzt trete, werde ich mehr missachtet werden, als die Ärmsten des Reiches, mehr gehöhnt, als wäre ich seine Maitresse. Wie haben doch Sie selbst heute mit mir gesprochen, Prinzessin. *(Schweigen.)* Das kann man aber für den kein Opfer nennen, der liebt. Ich habe auch das Wort nicht ausgesprochen und welches Opfer Sie meinten, das ich bringen sollte, das will ich nicht verstehen, obwohl auch ich ein Weib bin. Aber wüssten Sie, Prinzessin, welche schmerzlichen Kämpfe es mich gekostet hat, ehe ich die Kraft fand ihm gegen den Vater und gegen alle zu folgen – da sprächen Sie nicht zu mir von der Pflicht, ein Opfer zu bringen. Da sprächen Sie überhaupt nicht zu mir wie Sie heute gesprochen haben. Denn Sie sind ja nicht böse, Sie meinen es ja im Grunde gut mir. *(Längeres Stillschweigen.)*

Prinzessin Das geht tiefer als ich dachte. Armes Kind. Umso tiefer wird auch die Enttäuschung sein.

Klara Ich werde an ihm keine erleben!

Prinzessin*(nachdenklich)*. Sollte er sich so verändert haben? Konnte man ihn auf diese Weise fesseln? – Kommt er selbst Sie abzuholen?

Klara Ja.

Prinzessin Was soll diese Cour? Wozu die Würdenträger des Reiches herausfordern? Wenn er doch ein einfaches bürgerliches Leben führen will?

Klara Er wollte es.

Prinzessin Eine spannende Episode in seinem Gedicht. Warum brachten Sie ihn nicht davon ab?

Klara Weil ich seine Meinung teile.

Prinzessin Sie wissen wahrscheinlich nicht, was das zu bedeuten hat Welche Demütigungen der König vielleicht ertragen muss.

Klara Ich weiß nur, dass damit alles an die Öffentlichkeit tritt und dass es mich freut, wenn er sich mutig zeigt.

Prinzessin Das ist Trotz! *(Klara schweigt.)* Sie wollen in diesem Kleid zur Cour erscheinen? *(Klara schweigt.)* Ich wiederhole: Das ist Trotz.

Klara Ich habe kein besseres.

Prinzessin Was soll das heißen? - Der König kann doch - -? Spielen Sie Komödie?

Klara(*verschämt.)* Der König darf mir nichts schenken - nicht ehe - - *(sie stockt.)*

Prinzessin Sorgt er denn für Ihren Unterhalt hier? *(Sie sieht sich um.)*

Klara Nein.

Prinzessin Also die Baronin - -?

Klara - - und ich. Wir sind beide gleich arm.

Prinzessin Sie hat ja ihre Stellung verloren?

Klara Um meinetwillen. Ja. Und Sie, Prinzessin, die sie gekannt haben, denn sie war ja auch einmal Ihre Lehrerin - könnten Sie wirklich von der Baronin glauben, dass sie sich zu meinem Schutze hergeben würde, wenn sie nicht festes Vertrauen in mich setzen würde, wenn sie nicht wüsste, ich tue nichts Unrechtes? Sie begegneten ihr so höhnisch, als Sie eintraten.

Prinzessin Ich bin hier in den allerunbegreiflichsten Roman geraten - -. Also Sie lieben den König?

Klara(*senkt den Kopf.)*

Prinzessin(*sie beständig betrachtend, leise.)* Er kann lieben - - er kann glücklich machen - - - Jetzt werden wir sehen, ob Sie nicht für das leiden müssen, was er verschuldet hat - - Sie sind nicht die Erste, die er geliebt hat.

Klara Prinzessin.

Prinzessin Ja, bedenken Sie das. Es haften Tränen an Ihrem Glück.

Klara Es ist hart, mir das vorzuwerfen!

Prinzessin Verzeihen Sie! Ich meinte das nicht so. - - - Es ist noch Zeit, eine andere Toilette anzulegen. Wenn Sie vom König nichts annehmen dürfen, so doch von - - jemand anderem. Eine Königsbraut ist ja doch eine Königsbraut.

Klara Er sagte mir, ich brauche nicht mehr.

Prinzessin In seinen Augen wohl nicht. Aber wir Damen verstehen das besser. Wenn es auch nur eine Halskette wäre? Darf ich Ihnen diese anbieten? *(Sie will ihre Kette lösen.)*

Klara Ich wusste, dass Sie gut sind! – Aber ich darf nicht.

Prinzessin Warum nicht?

Klara Weil - weil man glauben würde – – *(Sie bricht in Tränen aus. Schweigen.)*

Prinzessin Hören Sie, mein Kind, das Ganze ist heller Wahnsinn. Aber da ich es nicht ändern kann - wenn die Cour beginnt, so will ich mich an Ihre Seite stellen und Sie nicht verlassen. Sagen Sie das dem König. Leben Sie wohl!

Klara*(streckt ihr die Arme entgegen)*. Prinzessin!

Prinzessin*(umarmt und küsst sie flüsternd)*. Darf er dich auch nicht küssen?

Klara*(gleichfalls flüsternd)*. O ja!

Prinzessin*(küsst sie nochmals)*. Liebe ihn! *(Man hört einen Wagen einfahren.)*

Baronin*(kommt)*. Ich höre den Wagen des Königs.

Prinzessin Ich möchte ihm nicht begegnen, Baronin! *(Sie reicht Ihr die Hand.)* Kann ich hier hinausgehen? *(Sie zeigt auf die Tür, durch die die Baronin eingetreten ist.)*

Baronin Ja. *(Sie gehen ab.)*

Vierte Szene.

Klara. Der König.

Dienstmädchen*(meldet)*. Der König!

König*(in Zivil, ohne Orden)*. Klara!

Klara Mein Freund! *(Sie umarmen einander.)*

König Was hat das zu bedeuten?

Klara Was – –?

König Der Wagen der Prinzessin hier?

Klara Ich soll dich von ihr grüßen. Sie ging soeben –

König Und sie – –

Klara Sie sagte, dass sie sich sogleich nach Eröffnung der Cour an meine Seite stellen und bei mir bleiben wolle, bis wir das Schloss verlassen.

König Ist es möglich?

Klara Es ist wahr!

König Du hast sie erobert! Denn sie kann erobert werden! Sie hat Herz und Geist. - - Ein gutes Omen! Was wird der Adel dazu sagen?

Klara Der hält sich ja fern,

König Du weißt das?

Klara Ich weiß auch, dass vor dem Adelsklub ein Auflauf entstanden ist.

König Auch das? Und bist nicht bange?

Klara Ich wäre es vielleicht, - aber da ist etwas anderes wovor ich mich mehr fürchte. *(Sie schmiegt sich an den König.)*

König Und das ist?

Klara Du weißt es ja. *(Schweigen.)*

König Hast du auch heute diese Unruhe um seinetwillen gefühlt?

Klara Den ganzen Tag - unablässig. Es muss etwas geschehen sein.

König Ich kann dir jetzt sagen, wo er ist.

Klara*(heftig)*. Endlich! Hast du ihn gefunden?

König Gran war bei ihm.

Klara*(wie früher)*. Gott sei Dank! Ist es weit von hier?

König Heute Abend fahren wir beide gleich nach der Cour mit einem Extrazug hin. Morgen früh sind wir dort.

Klara*(wirft sich an seine Brust)*. Dank! Dank! Du bist gut. O, du bist so gut. Ich danke dir. - Wie geht es ihm? Ist er krank?

König Ja.

Klara Ich wusste es. Und unversöhnlich?

König Ja.

Klara Ich fühlte es. *(Sie verbirgt Ihr Gesicht an seiner Brust)*

König Hast du Angst?

Klara*(leidenschaftlich)*. Ja!

König Liebe Klara, wenn du ihn sehen wirst, wird das vielleicht vorübergehen.

Klara Ja, lass mich ihn sehen! Was immer er sagen wird, lass mich ihn nur sehen!

König In zwölf Stunden von jetzt. Und ich werde bei dir sein.

Klara Das Schönste von dir ist deine Güte. O, wie gut, dass du wieder hier bist! Diese Angst war nicht mehr zu ertragen.

König Dir steht ein Kampf bevor.

Klara O! *(Sie verbirgt sich aufs Neue an seiner Brust.)*

König Tröste dich! Er ist bald zu Ende.

Klara Das glaube ich selbst. Ja, ich weiß es. – Gehen wir ein wenig auf und ab.

König Und versuchen wir die Gedanken auf etwas anderes zu lenken. Weißt du, woher ich komme.

Klara Nun?

König Von unserem kleinen Hause im Park.

Klara Wir fuhren gestern noch daran vorbei.

König Dort wird nur einer aus allem, was dich umgibt, zu dir sprechen. Wo du gehst, begegnest du Gedanken, die ich dir gewidmet habe. Wenn du aus den Fenstern blickst, wenn du auf den Altan willst – in jedem Felsenumriss, in jeder Flusswindung, in den Feldern, Wäldern, Büschen, o überall und tausend Gedanken an dich versteckt. Rufe ihnen zu: »Hier bin ich«, und sie werden dich in ihren Zauberring einlassen, – Setzen wir uns.

Klara Das ist wie ein Märchen.

König Ich bin auch der letzte Prinz aus dem Märchenland, sage ich dir. *(Sie haben sich niedergelassen; sie sitzt auf seinen Knien.)* Und du bist das kleine Mädchen, das, von guten Geistern geleitet, zu dem verzauberten Schloss kommt und ihn weckt. Er hat im Zauberschlaf gelegen, viele, viele Jahre.

Klara Viele, viele Jahre.

König Eigentlich bin ich gar nicht ich und du nicht du. Seit langer Zeit liegt das Königtum im Banne eines Zaubers. In den Gestalten wilder Tiere hat es bei Nacht Taten der Leidenschaft vollführt und bei Tage hat es geschlafen. Jetzt kommt die Volkesbraut, die hold erblüht ist, und erlöst es.

Klara Wirklich! – Du findest so viel, um mich über meine Angst hinwegzutäuschen. Und es gelingt dir immer. Aber du musst ja wohl schon glauben, ich habe weder Kraft noch Mut, weil ich diese Schwäche zeige.

König Du besitzest mehr Stärke als ich. Mehr als alle, die ich je gekannt habe.

Klara Das ist zu viel. Aber fühlte ich nicht, dass ich ein wenig davon habe, dann - sei dessen sicher - würde ich nicht versuchen, dir zu folgen.

König Ich will dir erklären, wie dein Wesen ist. Manche Menschen sind viel vergeistigter, viel feiner organisiert als andere; ihre Haut ist tausendmal empfindlicher. Aber gerade diese ziehen ihre Kraft mit tausend feinen Wurzelfasern aus tieferen Schichten. Sie stehen oft mit frischer Krone da, wenn die andern vertrocknet sind. Sie beugen sich mit geschmeidiger Kraft, wenn die andern brechen. - So bist du!

Klara Du findest außerordentlich sinnreiche Bilder, wenn es gilt mein Wesen zu erklären - -

König Nein, höre nur weiter! In jener Zeit, da ich mich so hässlich gegen dich benahm, da war dein Schrecken jedes Mal so heftig, dass vor meinen Augen und Ohren gleichsam Millionen von zitternden Bewegungen und Angstrufen entstanden. Ja, wahrhaftig! Ich wurde selbst ängstlich. Ist das ein Kennzeichen von Schwäche, so stark zu fühlen, dass ein anderer sich wider seinen Willen dem Eindruck unterwerfen muss?

Klara Nein.

König Und als ich dich wieder sah - - die Art, in der du mir zuhörtest - -

Klara Darüber wollen wir jetzt nicht reden. *(Sie küsst ihn.)*

König Worüber denn? Es ist noch etwas zu früh zum Aufbruch. - O, ich habe es! Wir wollen von dem Eindruck sprechen, den du heute Abend machen wirst, wenn du in den hellen Sälen aus dem Dunkel der Verleumdungen emportauchst. War das nicht hübsch gesagt? - Das ist sie? werden sie denken. Und dann wird ihnen etwas in die Augen kommen, das sie äffen wird und glauben machen, Perlen und Gold sind über dein Kleid gestreut, über dein Haar, über deine - - -

Klara Nein, nein, nein! *(Sie legt ihm die Hand auf den Mund.)* Jetzt will ich dir eine kleine Geschichte erzählen.

König Erzähle!

Klara Ich sah als Kind einmal einen Ballon füllen. Ein schwerer, widerlicher Geruch kam zu mir herüber. Als dann der Ballon fröhlich aufstieg, dachte, ich: Aha, das Hässliche ist verbrannt worden. Erst wenn das verbrannt ist, kann er sich in die Lüfte heben. – Später schien es mir jedes Mal, wenn ich hässliche Dinge über meinen Vater hörte, es verbrenne etwas und ich dachte an den Ballon und fühlte beinahe den widerlichen Geruch. Aber dann war es immer, als verflüchtige er sich: das Widerliche war verbrannt, der Ballon stieg. Ich kann wohl sagen, er ist leuchtend über meinem Leben dahingezogen. Später, als ich selbst verleumdet wurde, und auch du um meinetwillen, da war es ja ganz ebenso. Jedes Wort brannte, aber sogleich war ich auch hoch über ihm. Niemals ist die Luft, in der ich lebe, so rein, als unmittelbar nach einem hässlichen Wort.

König Da will ich mich gleich daran machen, dich zu verleumden, wenn das so herrliche Folgen hat. Ich benutze eine Blütenlese aus den Tagesblättern: Du Aspasia, du Messalina, du Pompadour du, du Dubarry. du Phylloxera, die die moralischen Weinberge des Landes zerstört, du blauäugiges Landesunglück, das die Kurse aus purem Schrecken zum Sinken bringt, die Minister zu Fall und die Wähler zu Zweifeln und Schwankungen, du ruhestörender Kobold, der du die Zeitungen mit Galle erfüllst, die Kaffeehäuser mit Sprengstoff und alle Tantengehirne mit Brummfliegen, des Königs höchsteigenes Haupt aber mit Millionen Liebestorheiten. Weißt du, dass du außer dem Unheil, das du heute anrichtest, noch auf zehn Jahre hinaus alles revolutionierst? Jawohl, so ist es! Und niemand kann wissen, ob du nicht auch hundert Jahre zurückwirkst oder auch noch weiter! Die fürstlichen und adligen Stammväter wenden sich um deinetwillen im Grabe um. Und da auch die dahingeschiedenen Königinnen ...

Klara Die Baronin!

Fünfte Szene.

Die Vorigen. Baronin.

Baronin*(in Hoftoilette unter dem Mantel, mit Klaras Mantel über dem Arm.)* Ich erlaube mir, Sie zu stören. Die Zeit ist schon um.

König*(der sich ebenso wie Klara erhoben hat.)* Wir haben sie mit Dummheiten ausgefüllt.

Baronin Und sind dadurch in gute Laune gekommen?

König*(seinen Hut nehmend.)* In die allervortrefflichste. Hier, meine Teure *(er nimmt Klaras Mantel)*, hülle ich dich in die letzte Verleumdung. Wenn wir sie wieder abnehmen, stehst du in deinem strahlenden Lichte da! Komm! *(Er bietet ihr den Arm und sie gehen halb tanzend dem*

Hintergrund zu, wo eine abgezehrte Gestalt auf zwei Krücken steht und sie anstarrt. Bart und Haar sind verwildert, ein Blutstrom bricht aus seinem Munde.)

Klara(*stößt einen Schrei des Entsetzens aus.)*

König Was ist geschehen? Um Himmels willen!

Klara Mein Vater!

König Wo ist er? - Sehen Sie nach.

Baronin(*hat sich rasch im Zimmer umgesehen, öffnet die Tür.)* Ich sehe nichts.

König Sehen Sie hinaus auf den Gang!

Baronin Nein - auch niemand.

Klara(*ist in die Arme des Königs gesunken. Nach einigen krampfhaften Atemzügen fallen ihre Hände herab und ihr Kopf sinkt nach rückwärts)*

König(*sieht die Veränderung.)* Helfen Sie mir!

Baronin(*eilt hin, aufschreiend.)* Klara!

Der Vorhang fällt.

Viertes Zwischenspiel.

Der Vorhang fällt nach dem dritten Akt unter schmerzlichem Klagen der Musik. Bald aber wird die Musik überirdischer; die Melodie zarter, wie in reineren Höhen, in leichterer Luft. Tiefer Friede herrscht. Der Vorhang geht auf. Wir sehen ein tiefblaues Luftmeer; weit im Hintergrund leuchtende Lichtwellen, auf denen sich die Umrisse weißer Gruppen abzeichnen. Von dorther tönt der Gesang, während demselben gleiten hinter dem Lichtmeer im Halbdunkel Berge und Flüsse, Wiesen und Wälder, Städte, Wüsten und große Meere vorbei.

Chor der Frauen und Männer

In der Freiheit Reich
Willkommen, willkommen,
Ihr, die gelitten.
Ihr, die des Sieges Lorbeer erstritten!
Hier fließen still
Ströme zusammen,
Die einst sich flohen in wildem Lauf,
Willkommen, willkommen!

Chor der Männer

Hier, wo von tausend Kräften der Freiheit
Sonne der Wahrheit erstrahlet in Glut,
Fachet die Flammen,
Der Wille Zertretner, Geopferter Blut.
Sie, die Enterbten
Strahlen hier hell.
Irdisches Ringen
Sänftigt sich schnell.
Der Gläub'gen und der Ungläub'gen Schar
(*Ist ihr Bekenntnis nur echt und wahr.*
Glüht nur ihr Herz in Freiheit und Mut)
Reinigt die gleiche
Heilige, bleiche
Ewige Flamme.
Der Menschheit Glauben
Seit jenem ersten, flehenden Stammeln
Zu rohen Steinen,
Bis zu der flammenden
Huld'gung des einen
Gottes der Welt, –
Hier kann er schwellen zu vollem Klang.
Kraftvoll und reich.
Frei von der Kirche drückendem Zwang
Groß ist und herrlich unser Reich!

Chor der Frauen Willkommen, willkommen
Ihr, die gelitten
Mutig im Glauben und sonder Bangen,
Ihr, die gestritten
Trotzend der Eigenliebe Verlangen!
Wenn auch der Streit,
Ohn' blutige Spur,
Das Schlachtfeld nicht weit,
Ein Herze nur.
Nirgends ein Feind,
Nur du allein, –
Der Freiheit Schein
Umglänzt dich hell
Führet dich aufwärts zu leuchtendem Tag, –
Willkommen, willkommen!

Ferner Chor Wissest du einen, der unterlag – ?
Nicht der Gläubigen Hochmut ist hier.
Nicht der Seligen Selbstlust ist hier.

Naher Chor Hier sind Geopferte, hier sind die Leidenden:
Hier sind die ruhmlos mutig Streitenden.

Chor der Frauen Der Freiheit Chor
Von allen Sternen
Aus weiten Fernen
Dringt er ans Ohr.
In allen Zungen
Ist er erklungen
Vom fernsten Pol.
Von hier
Klingt er wieder
In tausend Weisen,
In himmlischen leisen.
Und weckt das Sehnen
Und zündet, entzündet
Mächtigen Brand.
Millionen verbündet
Sind nicht imstand.
Die Flamme zu löschen.
Die wir entfacht. –

Naher Chor Seht euch um, die ihr jetzt kämet,

Männerstimme Ich kann nicht ... kann nicht ... steh' mir bei!

Frauenstimme Grenzenloses wecket Graun,
Lieber will ich
Nichts, als alles schau«!

Naher Chor Entdeckers Gedanke
Hat hier keine Schranke;
Frei, frei, frei.
In endlos großer Harmonie
Schwebest du ...

Männerstimme Furcht erfasst mich
Hier allein
Ein Unwürdiger zu sein.

Naher Chor Große Verwandlung
Nahet nun.
Erheb' dich, beginn' deine Wandrung!

(Die Wolken beginnen noch heller zu leuchten. Erhabene, ferne Harmonien.)

Frauenstimme Was ist das? Sang oder Licht? –
Ach, ich ertrag' es nicht.

Chor der Frauen Er, der dich kennt, durch Wolken bricht er!

Frauenstimme Mein Richter?

Chor der Frauen Sei nur nicht bang!
Im Strahlengesang,
Dem göttlichen, linden,
Wird die Furcht dir schwinden.

Männerstimme Ist sein Blick nicht versengend?

Chor der Männer Mild ist er, gnadespendend.
In seiner Strahlen Umarmung
Findst du Erbarmung.

Frauenstimme Doch dieses Drängen, dieses Brausen ...
Ist das auf seinem Weg?

Chor der Frauen Nein.
Es kommen tausend
Zusammen mit dir
Und neue Wellen
Stetig schwellen.

Chor der Männer Er selber schwebt
Viel tausend Meilen von da,
Der Klang, vor dem du erbebt
War ein Echo nur des Halleluja.
Doch in diesem Sang, dem linden,
Soll dir Furcht und Zweifel schwinden,
Und was du ahntest
Mit tastendem Geist,
Nun auf gebahnte
Wege dich weist.
Doch was du siehst
Ist von dem All
Ein Tropfen bloß
In Wolkenbruchs Schwall

Doch riesenhaft groß
Für dein schwaches Verstehn.
Nun schreite hinan
Die leuchtende Bahn!

Frauenstimme Was seh' ich? Wer ist das?

Chor der Männer Weiße Äonen
Im Aufgang der Sonne.

Frau Millionen!
Endlose Scharen erschauet mein Blick.

Mann Weiße Höhen, so weit als ich blick'.

Frau Was ist das? Wer ist das?

Chor der Männer Opfer sind es der irdischen Macht.
Sie sind der Preis der fürstlichen Pracht.
Die Kirche und Thron
Psalter und Kron'
Erheischet zur Stützung
Von Glauben und Reich.
Die Brücke
Zu Ehren und hoher Macht
Von ihren Händen
Ward sie gemacht.
Von ihnen, von ihnen.
Dem höchsten Glück,
Der gewaltigsten Macht
Sind sie ruhmlos zum Opfer gemacht.

Mann und Frau Geopferte sind sie?

Chor der Männer Opfer der Kriege und Scheiterhaufen,
Opfer der mördrischen Feuertaufen;
Solche, die elend starben
An tausend brandigen Narben, -
Kochendes Blei
In Ohren und Mund,
Am Feuer röstend manche Stund';
Aufs Rad gebunden,
Lebendig geschunden,
Ohn' Augenlid der Sonne zugewendet,
Entmannt und geblendet,

Die Gedärme herausgerissen
Mit Stangen und Spießen.

Mann und Frau Geopferte sind es?

Chor der Frauen Geopferte sind es, – alle die seufzten
Verzehrende Klagen
In wachen Nächten und bleichen Tagen, –
Die, die zertreten
Im Glauben an Wahrheit
Und lebten ein Dasein, voll Jammer und Leid.

Mann Entsetzlich!

Chor der Frauen Alle die Verstoßenen, hier sind sie. –

Frau – Hier sind sie? –

Chor der Männer – Sie, die ausgestoßen,
Als von Kön'gen und Priestern
Gesetze beschlossen.

Chor der Frauen Blick über alle Berge und Höhen
Die schärfste Sehkraft kann sie nicht zählen.

Chor der Männer Ihre Schreie, die ewig hallenden,
Düster wie Geisterspuk der Nacht,
Sind der Schmerz, der die Welt erbeben macht.
Ihre Schreie, die ewig hallenden,
Sind des Gewissens zehrendes Bangen,
Das alle, alle hält befangen, –
Ewig ihr zitterndes Fürchten macht.

Mann Mich haben sie erweckt,
Aus eitlem Frieden aufgeschreckt.

Frau Mir schrien sie ins Ohr ihr Leid,
Dass ich zu allem ward bereit.

Mann Meine Tochter!

Frau Werd' ich auch hier
nicht Vergessen finden?
Find' ich auch hier nicht den süßen, linden
Frohhauch des Glücks?

Chor der Frauen Ja.
Doch was ihr littet
Sehet ihr da.

Die Ahnen verzeihen nicht.
Das ganze Gewicht
Von Sünde und Unrecht
Seit ältesten Tagen
Müssen sie tragen.
Verflossnes erstehet aufs neu
Und hemmet die Enkel wie Zentnerlast,
Trotz Sorge und Reu',
In ihrer Hast
Nach Freiheit und Licht.

Chor der Männer Selbst muss er sich erheben,
Muss sehnend erbeben,
Der große Stammes-Leviathan
In der Zeiten ewigem Ozean, -
Sein Haupt erheben
In den leuchtenden Äther!
Wir stehen ihm bei,
Wir wollen ihn frei;
Doch von der andern Küste
Facht Selbstsucht jäh die Lüste
In heißem Jünglingsherzen
Voll töricht süßer Schmerzen.

Chor der Frauen Die Ströme zweier Welten
Zusammenstießen, -
Und seid doch einer bloß
Denn der Eigenliebe Kampf
Macht den groß,
Der glaubt,
Und den klar,
Der Zweifler war;
Darum zum Schluss
Beim letzten, schwelgenden Genuss,
Müde vom Streite
Wird er zur Beute
Tief innerem Sehnen:
Geliebt sich zu wähnen,
In Gottes Schoß zu rasten
Von all dem wüsten Hasten.
Nun ist es ihm klar,
Dass eines nur wahr,

Dass sein qualvolles Ringen
Nur Umweg war,
Bloß eine Verhüllung
Des ureinzigen Geist's. – –
Jetzt kommt die Erfüllung!

(Das Leuchten verstärkt sich, die Musik wird lauter.)

Mann und Frau Mein Gott!

Chor der Frauen Nicht er; sein Bote,
Ein Strahl der Offenbarung.

Männer und Frauen Er ist nah! ...
Fühle dieses Glanzes Reinheit! ...

Chor der Frauen Er ist da!
Nun ist alles Einheit

Chor Aller*(unter unermesslicher Lichtfülle, auch im Vordergrunde).*
Luzifer ist hier, der ewige, wahre
In seines Hauptes leuchtendem Strahle
Erglänzt die Welt in schaudernder Wonne.
Er kennt die Wege! wohin er geht,
Da höret
ihr auch, was der Blick erspäht;
Sonne ist denken, und denken ist Sonne;
Kräfte und Dinge verschmolzen zur Einheit;
Ein einziges Wort ist Wahrheit und Freiheit

(Der Vorhang fällt.)

Vierter Akt.

Zimmer wie im zweiten Teil des ersten Aktes. Grans Arbeitszimmer.

Erste Szene.

Gran steht rechts bei einem Schreibpult, Flink tritt mit einer Kassette unter dem Arm ein, die er vor sich auf den Tisch stellt.

Gran Bist du es?

Flink Wie du siehst. *(Geht auf und nieder. Schweigen.)*

Gran Ich habe dich nicht gesehen, seitdem du das letzte Mal hier bei mir warst.

Flink Nein. Du hast dir Weihnachtsferien gemacht?

Gran Ja. - Oder vielleicht bekomme ich auch für immer Ferien. Die Wahlergebnisse sind für uns ungünstig.

Flink*(auf und ab schreitend.)* Ich höre es. - Die Pfaffen, die Reaktion siegt.

Gran Das wäre anders gekommen, wenn nicht ihr unglückseliger Tod - - - *(Er stockt; seufzt.)*

Flink Ein Gottesurteil, sagen die Priester, sagen die Weiber, die Reaktion - -

Gran - und das Volk. Sie glauben es wirklich.

Flink*(stehen bleibend.)* Ja, glaubst du es nicht?

Gran*(nach einigem Zögern.)* Ich lege es jedenfalls anders aus - - -

Flink - - als die Pfaffen. Natürlich. Aber dass das Fatum der Geschichte hier gewirkt hat, wer kann das bezweifeln?

Gran Das Fatum - nahm die Gestalt ihres Vaters an? Flink. Ob ihr Vater ihr in ihrer Todesstunde erschienen - - -? Gleichgültig! Ich glaube nicht an solche Sachen. Aber an ihr gequältes Gewissen glaube ich. An dessen Angstbilder glaube ich.

Gran Ich habe zu ihrem Umgangskreis gehört und ich kann dafür einstehen, dass sie kein schlechtes Gewissen hatte. Sie ging mit Begeisterung an ihre Aufgabe. Das sagen alle, die sie kannten. Vor allem der König.

Flink Woran starb sie also? An der Begeisterung?

Gran An der allzu großen Spannung. Die Aufgabe war zu schwer. Die Zeit ist noch nicht gekommen. *(Wehmütig.)* Unser Versuch musste sterben.

Flink Da ist der Urteilsspruch! Er musste sterben! Aber sie rief in ihrer Todesstunde: »Mein Vater!« Und ein halbes hundert Meilen entfernt starb er im selben Augenblick. Entweder sah sie ihn oder sie dachte sich ihn, ihr entgegentretend. Seine blutende, misshandelte Krüppelgestalt, die ihr den Weg versperrte auf ihrem verbrecherischen Gange zum Thron – ist das nicht ein Bild der misshandelten Menschheit? Sie erhebt sich gegen das Königtum, wenn es sühnen will – gerade dann. Seine Verbrechen durch Tausende von Jahren sind zu groß. Das Fatum ist unerbittlich.

Gran Also: sind wir jetzt des Königtums ledig?

Flink Wir sind des verräterischen Versuches ledig, es mit der modernen Gesellschaft aussöhnen zu wollen. Gott sei Dank! Im Bunde mit der Geistlichkeit und der Reaktion wird es jetzt wieder ungestört für seinen Untergang sorgen.

Gran Dann ist ja alles gut.

Flink So weit, ja. Aber es war eine republikanische Partei da, die aller Achtung genoss und die außerordentliche Fortschritte machte. Wo ist sie jetzt?

Gran Ich wusste, dass du deshalb kommst.

Flink Ich bin gekommen, um Rechenschaft zu fordern.

Gran Ich würde an deiner Stelle nicht so kommen – – zu einem besiegten, verwundeten Freund.

Flink Die republikanische Partei hat oft Niederlagen erlitten – niemals noch war sie der Verachtung preisgegeben. Wer hat es dazu gebracht?

Gran*(der bis jetzt mit einem Federmesser gespielt hat.)* Keiner von uns glaubt Verachtung zu verdienen.

Flink Wer verrät, verdient sie immer.

Gran Von hier bis zur Republik ist doch noch ein Stück Weges. Auch das muss gegangen werden.

Flink Man kann es wohl auch gehen ohne Verrat zu üben.

Gran Es ist meine feste Überzeugung, dass das, was wir getan haben, recht getan war. Es kann das erste Mal misslingen, auch das zweite und dritte Mal, aber es ist das einzige Richtige, was getan werden muss.

Flink Damit sprichst du dir dein Urteil!

Gran*(aufmerksam.)* Was meinst du damit?

Flink Da muss dafür gesorgt werden, dass solche Versuche nicht weiter gemacht werden.

Gran So. – – Jetzt beginne ich dich zu verstehen.

Flink Die republikanische Partei ist gesprengt. Für ein Menschenalter ist sie unwiderruflich der Verachtung verfallen. Aber eine Gesellschaft ohne republikanische Partei ist eine Gesellschaft ohne Idealität, ohne Wahrheitsdrang in ihrer Politik und nicht in der allein. Dafür trägst du die Verantwortung.

Gran Du erweisest mir zu große Ehre.

Flink Durchaus nicht. Dein Ansehen, deine persönlichen Eigenschaften und Fähigkeiten haben sie verführt.

Gran Höre jetzt ein Wort! Du überschätztest mich in der Hoffnung, die du in mich gesetzt hattest, du überschätzt mich jetzt in deinem Tadel. Du überschätzt die Wirkungen unseres Sturzes – – du kannst überhaupt nie anders, als über das Ziel hinausschießen. Darum bist du eine Gefahr für deine Freunde. Du verführst sie – im Glück ihre Tatkraft zum Übermut, im Unglück ihren Missmut zur Verzweiflung. Deine grenzenlose Leidenschaftlichkeit verdunkelt deine kluge Einsicht. Du bist nicht berufen, über jemand zu richten, denn die Wahrheiten, die klar in deiner Seele liegen, wirbelst du im Kampfe in blinder Raserei durcheinander und dann verlierst du sie. Sie sind dann so wenig Wahrheiten mehr, dass sie in deiner Hand Verbrechen werden können.

Flink Ach, spare deine Künste der Logik. Denn die du kennst, habe ich dich gelehrt. Mein Sündenregister verkleinert das deine nicht – das ist meine ganze Antwort. – Ich stehe hier nicht im Namen der Wahrheit vor dir, ich spreche gar nicht solch große Worte. Nein, gerade als der leidenschaftlich Liebende, der leidenschaftlich Erzürnte frage ich dich auf dein Gewissen. Was hast du aus unserer Liebe gemacht? Wo ist die heilige Sache, die wir gemeinsam gefördert haben? Wo ist unsere Ehre, wo sind unsere Freunde, unsere Zukunft?

Gran Ich bringe deinem Schmerz Ehrfurcht entgegen. Aber solltest du sie nicht auch dem meinen entgegenbringen? Oder glaubst du nicht, dass ich jetzt leide?

Flink Man handelt nicht wie du gehandelt hast, ohne dabei unglücklich zu werden. Aber wir sind viele und haben Rechenschaft zu fordern. Antworte mir!

Gran Du – du, mein alter Freund, bist es, der das übernehmen will?

Flink Gott weiß, dass ich lieber einen andern an meiner Stelle sähe. Aber keiner hat so sehr das Recht sie zu fordern als ich – keiner hat dich geliebt wie ich. Meine Hoffnung war zu groß, sagst du. Ich wollte nur, nur, dass du treu sein solltest. Ich war so oft betrogen worden, aber in dir, in deinem steten Willen glaubte ich einen festen Bürgen dafür zu haben, dass so lange du lebst die Sache sich rein und edel erhalten würde. Mit deinem Ansehen war sie gestiegen, auf deinen Besitz war sie gestützt – sie bedurfte nicht allzu vieler Märtyrer. Du warst das Glück in meinem Leben; durch dich erhielt meine Seele ihre Kraft zurück.

Gran Mein Freund!

Flink Ich der Alte – du der Junge. Du warst eine einheitliche, harmonische Natur – – ich, ich sehnte mich danach, mich auf eine solche zu stützen.

Gran Flink – alter Kamerad.

Flink Jetzt stehst du da – gebrochen und alles in uns und um uns hast du zerbrochen, das ganze Leben hast du zerbrochen – für mich wenigstens.

Gran Sage das nicht!

Flink Du hast meinen Glauben an die Menschheit verraten, ja meinen Glauben an mich selbst. Denn ich ging ja fehl, auch das letzte Mal. Die Pulsader meines Lebens – – – ja, jetzt habe ich nur noch Rechenschaft zu fordern.

Gran Was willst du? Sage es!

Flink Du sollst vor meinem Angesicht mit der Waffe in der Hand stehen – du sollst sterben. *(Schweigen.)*

Gran*(ohne eigentlich überrascht zu sein.)* Dadurch machst du dich selbst am unglücklichsten, alter Freund.

Flink Du meinst, du wirst sicherer schießen? *(Geht zur Kassette)*

Gran Daran dachte ich nicht. Aber an dein Leben nachher. Ich kenne dich.

Flink*(öffnet den Kasten.)* Spare deine Sorge! Mein Leben nachher wird nicht lange währen. Du hast dafür gesorgt, dass ich im nächsten Menschenalter nichts habe, wofür ich leben könnte und eine spätere Zeit erreiche ich nicht mehr. Darum soll vorbei sein, was vorbei ist. *(Er nimmt die Pistolen heraus.)*

Gran Willst du hier - - -?

Flink Warum nicht? Hier sind wir ungestört.

Gran Der König schläft dort im Nebenzimmer. *(Er zeigt auf die Tür neben dem Schreibpult.)*

Flink*(steht auf.)* Ist der König hier?

Gran Er kam heute Nacht.

Flink Nun, es wird ihn wecken; aber er wird ja so wie so geweckt werden.

Gran Das wäre schrecklich für ihn.

Flink So? - Um seinetwillen hast du mich verraten, in der ersten Stunde, in der du wieder mit ihm zusammentrafst Er hat Zaubermacht über dich. - So lasse ihn sehen und hören, was er getan hat. Hier! *(Er bietet ihm die Pistolen.)*

Gran Warte. Was du da sagst, macht mich schwanken Im Grunde genommen ist es also eine Rache? Nein, missverstehe mich nicht! Ich suche keine Ausflüchte. Könnte ich wählen - nun, da wählte ich nichts lieber als den Tod. Das weiß auch der König. Aber ich frage, weil alles, was geschieht, eine vernünftige Ursache haben muss. Um eines so schlecht begründeten Rachedurstes willen stelle ich mich dir nicht gegenüber.

Flink*(der die Pistolen auf den Tisch gelegt hat.)* Ich hasse den Mann, der dich verführt hat, das ist wahr. Als ich die Gründe nannte, warum ich mich berechtigt fühlte, Rechenschaft von dir zu fordern, vergaß ich diesen vielleicht. Ich hasse ihn. Aber eines ist der Vollstrecker des Urteils, ein anderes das Urteil selbst. Und verurteilt bist du, weil du unsere Sache verraten hast - weil du sagst, es sei recht, so zu handeln. Der Nächste soll wissen, was das kostet. Es kostet das Leben.

Gran Gut.

Flink Die Pistolen sind geladen. Ich habe es selbst getan. Ich denke, du hast wohl noch etwas Vertrauen in meine Ehrlichkeit.

Gran*(lächelnd.)* Das habe ich auch.

Flink Eine ist geladen – die andere nicht. Wähle!

Gran Wie? – Nimm an, dass ich – – –

Flink Fürchte nichts! Gottesurteil – noch einmal. Du wirst nicht die scharfgeladene wählen. – – Wir wollen uns Brust an Brust gegenüberstehen!

Gran Du fällst das Urteil, besorgst die Herausforderung, die Wahl der Waffen, der Kampfbedingungen – – –

Flink Bist du unzufrieden mit ihnen?

Gran Keineswegs! Es ist mir alles höchst willkommen. Ohne Sekundanten. Gut. Aber der Platz?

Flink Der Platz? Hier.

Gran Schrecklich! Flink. Warum das? *(Er hält beide Pistolen vor sich hin.)*

(Eine Tür links öffnet sich leise, das stumme Mädchen erscheint, sieht was vorgeht und stürzt mit einem sonderbaren Versuch zu schreien auf Gran zu. deckt ihn mit ihrem Körper, umarmt ihn, liebkost ihn mit allen Anzeichen des größten Schreckens.)

Gran*(beugt sich herab und küsst sie.)* Du hast recht. Warum für graue Theorien sterben, wenn ich das Leben umfangen kann wie jetzt. Wer geliebt wird, hat doch noch etwas in der Welt. Ich will nicht sterben!

Flink Würdest du nicht geliebt, mein Freund, so könntest du ruhig weiter leben. Ein Aufschrei wird durch das Land gehen vom Königsschloss bis zur Hütte, wenn du erschossen bist. Aber gerade darum! Je lauter der Schrei, desto größer die Stille nachher. Und in dieser Stille spricht man dann das große Warum aus. – Das Volk soll nicht mehr betrogen werden.

Gran Schrecklich! Ich will nicht! *(er hebt die Stumme wie ein Kind zu sich empor.)*

Flink*(tritt auf ihn zu)*. Du stehst nicht nur Theorien gegenüber – sieh mich an!

Gran Alter – – muss es sein?

Flink Es muss sein. Ich habe nichts anderes mehr.

Gran Aber nicht hier.

Flink Wenn es denn nicht hier geschehen kann, so komm' hinaus in den Park. *(Er packt die Pistolen ein.)* Du bist es mir schuldig!

Gran*(zu dem Mädchen.)* Du musst jetzt gehen, meine Freundin.

Flink*(mit der Kassette unter dem Arm.)* Nein, lasse sie hier und komm' du mit mir.

(Alle gehen zur Tür, das Mädchen will nicht bleiben, es entsteht ein Kampf, bis Gran, nachdem er von ihr Abschied genommen, sie halb durch Bitten, halb durch Befehl bestimmt zu bleiben. Die Tür schließt sich hinter den beiden Männern. Sie wirft sich dagegen, die Tür ist schon von außen verschlossen. Sie fällt zu Boden, springt wieder auf, scheint sich zu besinnen, stürzt durch die Tür rechts, kommt sofort zurück, den König hinter sich herziehend; er ist unvollkommen und nachlässig gekleidet.)

Zweite Szene

Der König. Das Mädchen.

König Was ist geschehen? *(Man hört einen Schuss.)* Was ist das?

(Sie zieht ihn zur Haupttür. Er versucht vergeblich, sie zu öffnen. Sie stürzt zu einem Fenster, der König folgt ihr. Plötzlich wird die Tür von außen aufgerissen. Halbe tritt mit verstörtem Gesicht ein.)

König Was ist geschehen, Halbe? *(Das Mädchen läuft hinaus)*

Halbe Seine Exzellenz der Minister des Innern - - - - -

König Was ist's mit ihm?

Halbe - ist getötet.

König Der Minister des Innern - Gran?

Halbe Ja.

König Gran getötet? Was sagst du da?

Halbe Dass er getötet ist.

König Gran? Unmöglich. Wo? Auf welche Weise? Ich hörte ihn ja sprechen. Jetzt - hier.

Halbe Getötet von diesem Graubart - diesem Weißhaarigen - dem Republikaner -

König Flink? Ich hörte auch seine Stimme -

Halbe Im Park. Ich sah es selbst.

König Du sahst es selbst? Feigling! *(Er stürzt hinaus.)*

Halbe Wer kann gegen einen Rasenden ankämpfen – *(folgt ihm.)*

(Die Tür steht offen. Man sieht einen Mann vorbeieilen. »Wo?« Einige folgen ihm. Dann kommt eine ältere Frau vorbei: »Herr Jesus!« Mehrere andere: »Gott, o Gott!« »Im Park, sagst du?« Von draußen hört man rufen: »Den Doktor! Holt den Doktor!« Man hört Türen öffnen und zuschlagen, Schritte auf den Treppen und Gängen, Rufe von verschiedenen Seiten und Entfernungen: »Im Park? Wer hat es getan? Er, der dort zum Wasser läuft. Ihm nach! Ihm nach!« Viele schreien: »Ihm nach!« Viele laufen vorüber. Draußen: »Holt eine Tragbahre aus der Fabrik!«)

König*(allein, verstört, sprachlos. Endlich bricht er aus.)* Welches glückliche Lächeln er hatte. Ganz so wie sie. Ja, es mag ein Glück sein! *(Er bedeckt sein Gesicht mit den Händen.)* Auch er starb für mich. Die beiden Einzigen – *(Er verhüllt sein Gesicht von neuem.)* Das kostet es also, mich zu lieben? – Schnell, schnell. – Ja. schnell! Natürlich! Natürlich!

(Man hört die Schritte von vielen Menschen, »Hierhin.« »In das blaue Zimmer.« Weiber und Kinder kommen vom Gange herein, gehen durch die offene Tür links in das Nebenzimmer; mitten unter ihnen wird Gran auf einer Bahre getragen. Eine alte Frau geht weinend voran.

»Warum musste er sterben?« hört man fragen. Das stumme Mädchen geht neben der Leiche. Allgemeines Wehklagen. »Er war so gut.« »Was hat er denn getan?« »Er war der beste Mann der Welt.«

König »Er war der beste Mann der Welt.« Und er starb um meinetwillen. Das ist der beste Triumph meines Lebens, der größte. – – Seid ihr jetzt beisammen? Wo seid ihr? – Gebt mir ein Zeichen! Oder ist das zu viel gefordert?

(Die meisten kommen wieder aus dem Nebenzimmer heraus und gehen wieder schluchzend vorüber, man hört Worte: »Er liegt schön und ruhig da.« »Ich kann es noch gar nicht glauben.« Als sie den König bemerken, schweigen sie, machen auch die nächsten aufmerksam und alle gehen so leise als möglich hinaus. Als die letzten vorbei sind, hört man die Stimme des Vogtes. »Liegt er hier?« Man antwortet: »Nein, oben in dem blauen Zimmer – dort.« Stimme des Generals: »Der Täter ist entkommen.« »Sie suchen im Wasser nach ihm.« General: »Im Wasser, hat er sich ins Wasser gestürzt?« Pastor: »Grässlich.«)

Dritte Szene.

General. Großhändler Bang. Vogt. Pastor.

Alle in Winterkleidern tauchen im Gang auf, treten ein und gehen auf das blaue Zimmer zu. Der General stutzt, als er den König sieht, der bei dem Pult steht und Ihnen den Rücken zuwendet. Er hält die andern zurück und flüstert)

General Meine Teuren, ist das nicht Seine Majestät?

Alle Der König?

Vogt Sollte der König gekommen sein? Das müsste heute Nacht gewesen sein.

Großhändler Lasst mich sehen - ich kenne ihn persönlich.

General*(hält ihn zurück.)* Das ist gewiss der König.

Vogt Wirklich?

Großhändler An dieser Bewegung erkenne ich ihn. Er ist es.

General Still! Gehen wir wieder leise hinaus. *(Er geht in den Gang zurück.)*

Vogt*(ebenso.)* Er ist tief bekümmert. Natürlich. *(Sie stehen im Gang nebeneinander.)*

Großhändler*(folgend.)* Erst jener Schlag, jetzt dieser.

Pastor*(nachkommend, leise.)* Gottesurteil.

König*(auffahrend.)* Wer? Was? *(Sich umwendend.)* Wer sagt das?

Alle*(bleiben stehen, nehmen die Hüte ab und verbeugen sich.)*

König Hier herein! *(Sie kommen eiligst.)* Wer sagte: Gottes Urteil?

General Verzeihen Eure Majestät, aber wir machten gerade einen Morgenspaziergang, ich bin zu Weihnachten hier bei meinem Freund, Großhändler Bang zu Besuch, der hier eine Fabrik hat, eine Filiale - - und da trafen wir den Vogt und den Pastor und gingen miteinander weiter, als ein Schuss fiel - hier. Ein Schuss. Wir dachten uns nichts Besonderes dabei. Aber als wir näher kamen, sahen wir das Volk laufen und hörten Geschrei und Jammer. Jammer, ja. Wir stutzten natürlich und wir gingen näher. Natürlich gingen wir näher. Da erzählte man uns, dass Seine Exzellenz der Minister des Innern - -

König Was soll mir diese ganze Rederei? *(General verbeugt sich.)* Wer sagt: Gottes Urteil? - - *(Schweigen.)* So antwortet doch!

Vogt Der Herr Pastor - - glaube ich - -

König Und du hast nicht einmal den Mut, es mir selbst zu sagen?

General Seine Ehrwürden ist es vielleicht nicht gewohnt, vor einer erlauchten Persönlichkeit zu stehen.

Pastor Es ist das erste Mal, dass ich die Ehre habe, mit Euer Majestät zu sprechen. Ich hatte nicht sogleich die genügende Fassung, um – –

König Aber zu solch' großen Worten hast du gleich genügende Fassung. Was meinst du damit: Gottesurteil? Ich frage dich: was meinst du damit?

Pastor Ich weiß wahrhaftig selbst nicht recht – das kam so – –

König Jetzt lügst du. Hier sagte jemand: Erst jener Schlag, jetzt dieser. Und darauf: Gottes Urteil.

Vogt So war es, Euer Majestät.

König Erst jener Schlag? Damit war wohl der Tod meiner Braut gemeint. Nicht wahr?

Großhändler. Pastor Ja, Euer Majestät.

König Und mit diesem Schlag, mein Freund, mein treuer Freund. *(Bewegt.)* Warum verurteilte Gott diese beiden zum Tod? *(Stillschweigen.)*

General Es ist sehr zu bedauern, dass wir gerade jetzt Euer Majestät unfreiwillig gestört haben, deren Gemüt natürlich tief erschüttert ist – –

König*(unterbrechend)*. Ich frage: Warum verurteilte Gott diese beiden zum Tode? Bist du Priester, so stehe auch für deine Gedanken ein.

Pastor Ja, Euer Majestät, ich dachte, – ich meinte, dass Gott auf eine wunderbare Weise Euer Majestät aufhielt – –

General – gewünscht hätte aufzuhalten, meinen Sie wohl?

Pastor – auf dem Weg, den viele einen so unglücklichen, ich wollte sagen, so bedeutsamen für das Volk nannten – dass er Euer Majestät aufhielt – –

General*(leise)*. Aufzuhalten wünschte – – –

Pastor – indem er Euer Majestät jene beiden nahm, welche – – jene beiden – – erst sie, die –

König Sie, die?

Pastor Die eine – –

König Eine. – – Eine Metze war, die auf den Thron wollte?

Pastor Das sind Ihre Worte, nicht die meinen. *(Er trocknet sich die Stirn.)*

König Gestehe, dass es sonst auch die Deinen sind!

Pastor Ich gestehe, dass ich gehört habe – dass man gesagt hat.

König Bitte Gott, dass du ein einziges Mal so rein sein mögest, wie sie in ihren täglichen Gedanken war. *(Er bricht in Tränen aus. Heftig.)* Wie lange bist du schon Priester?

Pastor Fünfzehn Jahre.

König Du warst also damals schon Priester, als ich ein unwürdiges Leben führte. Warum hast du damals nicht zu mir gesprochen?

Pastor Allergnädigster König ...

König Gott allein ist dein allergnädigster König. Keine Gotteslästerung!

Pastor Es ist nicht meines Amtes ...

General Der Herr Pastor ist nicht Hofprediger; er ist hier in der Gemeinde Priester ...

Vogt ... insbesondere für die Fabrikarbeiter.

König Und da ist es nicht deines Amtes, mir die Wahrheit zu sagen? Aber meine teuren Toten mit Gottesurteil und niedrigen Lügen zu überfallen, das ist deines Amtes?

Vogt Ich hatte die Ehre, einen der Dahingeschiedenen zu kennen. Der König zeichnete ihn durch seine Freundschaft aus – die größte Ehre, die einem Untertan widerfahren kann. Ich darf wohl sagen, dass ein edleres Herz, ein höherer Sinn, eine festere Treue kaum gefunden werden kann.

General Da sei es auch mir erlaubt, die Gelegenheit zu ergreifen, da mich der Zufall – ich glaube so unbescheiden sein zu dürfen, es auszusprechen – dazu zwingt, mich in die Trauer meines Fürsten zu drängen – für die das ganze Volk, insbesondere aber jene, die durch ihre hohe Stellung berufen sind, die Stützen des Fürsten und des Thrones zu bilden, eine tiefe Ehrerbietung fühlen – so sei es mir gestattet, diese Gelegenheit zu ergreifen und – ich darf wohl sagen, im Namen von Tausenden und Abertausenden – der Teilnahme Ausdruck zu verleihen, – dem ungeheuchelten Schmerz, der sich mit der Botschaft von diesem neuen Schlag, der Euer Majestät Herz getroffen hat, verbreiten wird. Sie wird aufs Neue im Lande einen Schrecken erwecken, der es notwendig machen wird, mit der äußersten Strenge gegen jene Parteien vorzugehen, denen nichts heilig ist, nicht die

Anwesenheit des Königs, nicht das höchste Ehrenamt des Landes, nicht der Frieden des Hauses - Parteien, deren bloße Existenz schon Aufruhr ist und die nicht länger geduldet werden sollten, sondern - als Feinde des Thrones und der Gesellschaft verfolgt werden sollten, bis ...

König Vergisst du nicht die Teilnahme, mein Bester?

General Die Teilnahme?

König Nicht für die Republikaner - aber für mich.

General Gerade die Teilnahme für Euer Majestät, die das ganze Volk fühlen wird, zwingt mich, jetzt die Gerechtigkeit anzurufen. Der Schrecken ...

König Kann benutzt werden?

General Ja. Kann man sich einen schlagenderen Beweis denken für die Sorge, die das Volk für seinen Herrscher nährt, als dass es von Angst ergriffen in dieser feierlichen Stunde aufschreit: Nieder mit den Feinden des Thrones!

König*(abgewendet)*. Nein, für diese Lüge setze ich meine Nerven- und Muskelkraft nicht ein.

Vogt Ich muss mich ganz dem General anschließen. Das Gefühl der Liebe, der Dankbarkeit, der Hochachtung - -

General - das Erbe der Ergebenheit an Euer Majestät höchstselige Vorfahren - -

König Pastor, was will das besagen, dass meine Vorfahren höchstselig sind?

Pastor*(nachdem er sich bedacht)*. Das ist eine ehrwürdige Redensart, Euer Majestät.

König Eine ehrwürdige Lüge, willst du sagen. *(Stille.)(Das stumme Mädchen stürzt aus dem Zimmer links auf den König zu, dessen Knie sie in verzweifeltem Schmerz umfasst.)*

König Da kommt die Wahrheit! Und du kommst zu mir, weil du weißt, dass wir beide zusammen trauern - Aber ich weine nicht, wie du. Denn ich weiß, er ging lange mit dieser heimlichen Sehnsucht umher; er ist jetzt also glücklich. - - - Darum musst du nicht so bitter weinen. Du musst doch wollen, was er wollte. - O, der Schmerz in diesem Antlitz! *(Er schluchzt laut.)*

General(*gibt den anderen ein Zeichen, sich leise zurückzuziehen. Sie tun es langsam. Der König sieht auf*)

General In Ehrfurcht vor dem Schmerz des Königs wollten wir - -

König Still! Mit der Hand auf diesem Haupte, das wunschlos und hingebend an seinem Herzen ruhte, will ich Euch eines zur Erinnerung an meinen Freund sagen. *(Das Mädchen schmiegt sich traurig an ihn.)* Gran war der reichste Mann des Landes. Warum hatte er keine Furcht vor dem Volke? Warum glaubte er, es würde alles am Besen gehen, wenn es sich selbst regierte?

Großhändler Herr Gran war bei allen seinen großartigen Eigenschaften ein Phantast.

König Er hat nicht sein ganzes großes Vermögen geerbt. Einen großen Teil hat er selbst erworben.

Großhändler O, als Geschäftsmann war Herr Gran mit gutem Recht über alle Maßen berühmt.

König Und doch ein Phantast? Das ist unbedingt ein Widerspruch. - Du nanntest mich einmal den Schlüssel zu deiner Kasse?

Großhändler Ich erlaubte mir in aller Untertänigkeit diesen Scherz, der mir doch ernst war, vollkommen ernst.

König Warum erwartete er, der Tote, die Sicherheit für seine Kasse von unten - und nicht von oben? Weil er seine Zeit verstand. Die Selbstsucht hinderte ihn nicht daran. Das ist meine Leichenrede. - Stehe auf! Hast du verstanden, was ich gesagt habe? *(Sie schmiegt sich schluchzend an ihn.)*

Pastor Er war ein außerordentlicher Mann. Jetzt, wo Eure Majestät es aussprechen, erkenne ich es. Aber erlauben mir Eure Majestät darauf hinzuweisen, dass, wenn wir auch nicht das Glück haben so weit, so vorurteilslos zu sehen, wenn unser Gesichtskreis auch beschränkt ist, wir Eurer Majestät darum nicht minder treu sind! Nicht minder ergeben! Es ist meine Pflicht als Untertan, das jetzt zu sagen, da Eure Majestät es zu vergessen scheinen und auch zu vergessen scheinen, dass auch wir alles von Eurer Majestät Weisheit und Gerechtigkeit erwarten. *(Er trocknet sich den Schweiß)*

König Sonderbar. Er, der starb, sagte mir dergleichen niemals. Er hatte das größte Unternehmen des Landes. Als ich kam und ihn bat, es im Stich zu lassen, tat er das sofort. Und zuletzt starb er für mich. So war er. Geh, meine Freundin, zu ihm hinein. Du bist der Treue wahrstes, stummes Bild! Ich verdiene eine solche Wache nicht, aber um des Toten willen wird sie mir dennoch zuteilwerden, wenn ich jetzt – *(Er hält inne.)* Ja, gehe jetzt nur dort hinein. Ob ich komme? Hörst du? – ich komme! So! *(Er winkt ihr jedes Mal, wenn sie sich auf dem Wege umwendet und wiederholt.)* Gleich! So! Nur eine kleine Weile! Gehe jetzt!

Großhändler Verzeihen Eure Majestät, aber es ist hier fürchterlich heiß und dieser Druck in der Herzgegend macht mich ganz ängstlich. Würden Eure Majestät nicht erlauben, dass ich mich zurückziehe?

Vogt Eine Bitte, der ich mich in aller Untertänigkeit anzuschließen erlaube. Eure Majestät scheinen sich in heftiger Gemütsbewegung zu befinden und ich glaube, dass wir alle, wenn auch unfreiwillig, einen Schmerz vergrößern, der so natürlich ist bei dem edlen Herzen Eurer Majestät und dem großen Gefühl der Dankbarkeit gegen einen Freund, der – – –

König*(unterbrechend)*. Still! Ein wenig Respekt vor der Wahrheit, die den Tod begleitet. Versteht mich recht: ich glaube von keinem von euch, dass er lügen will. Aber die Luft um den König infiziert. Darüber – ein paar Worte. Ich habe wenig Zeit. Aber ein Testament – –

Pastor Testament?

König Weder das alte noch das neue. Grüße, was sich hier im Lande das Christentum nennt, grüße es von mir. Ich habe viel an die Christenheit gedacht in letzter Zeit.

Pastor Das freut mich.

König Dieser Ton – – – geht mir durch Mark und Bein. – – Grüße, was sich hierzulande Christentum nennt, nein, strecke nicht deinen Hals vor und krümme nicht deinen Rücken, als käme jetzt die Quintessenz der Weltweisheit. *(Für sich.)* Kann es denn etwas nützen, ernst zu sprechen? *(Laut.)* Ihr seid doch Christen?

General Gott beschütze – – der Glaube ist ja außerordentlich wichtig – –

König Für die Disziplin. *(Zum Vogt.)* Und du?

Vogt Ich bin von meinen seligen Eltern – –

König So sind auch die selig? Nun, was ist's mit ihnen?

Vogt Sie hielten mich streng dazu an, Gott zu fürchten, den König zu ehren –

König – und deine Brüder zu lieben. Du bist ein Staatsbürger, Vogt. Das ist ja der Christ heutzutage. Aber du? *(Zu Bang.)*

Großhändler Ich habe in der letzten Zeit durch meinen Husten sehr wenig in die Kirche gehen können. In der ungesunden Luft –

König – schläfst du ein. Aber du bist Christ?

Großhändler Versteht sich.

König Und du bist es doch natürlich?

Pastor Mit Jesu Gnaden hoffe ich es zu sein.

König*(mit den Fingern knipsend)*. Das ist die Formel, meine Jungen! So muss man antworten! – Also ihr seid ein Verband von Christen und es ist nicht meine Schuld, wenn ein solcher nicht ernsthaft nimmt, was das Christentum betrifft. Grüßt es also von mir und es soll jetzt ein Auge auf das Königtum haben.

Pastor Damit befasst sich das Christentum nicht. Es prüft den inneren Menschen.

König Dieser Ton! – ich weiß, – sie untersuchen nicht die Luft, in der der Kranke lebt, sondern die Lumpen. Vortrefflich! Gleichviel – das Christentum möge ein Auge auf das Königtum haben. Es möge ihm die Lügen ausrupfen. Es möge ihm nicht zur Krönung in die Kirche folgen, wie der Affe einem Pfau folgt. Ich weiß, was ich in dieser Situation empfand. Ich hatte tags vorher eine Probe dazu abgehalten. Hahaha! – Frage das Christentum des Landes, ob es nicht an der Zeit wäre, sich des Königtums anzunehmen. Es dürfte doch kaum, so scheint mir, das Königtum als alles verführende Metze dulden, die die Gedanken aller Bürger auf den Krieg lenkt – der sehr gegen die Lehren des Christentums verstößt – und auf Kastenunterschiede, auf Luxus, auf äußeren Schein und Eitelkeiten. Das Königtum ist doch jetzt eine so große Lüge, dass es selbst den Rechtschaffensten zwingt, sich ihm mit Lügen zu nähern.

Vogt Aber das verstehe ich nicht, Eure Majestät.

König Nicht? – Du bist selbst ein rechtschaffener, ein braver Mann, Vogt.

Vogt Ich weiß nicht, ob es Eurer Majestät wieder beliebt, zu scherzen?

König Es ist mein voller Ernst, dass du ein außerordentlich rechtschaffener Mann bist.

Vogt Es macht mich sehr glücklich, diese Worte von Euer Majestät zu hören.

König Hast du einen Orden?

Vogt Eurer Majestät Regierung hat mich noch nicht für würdig befunden, ihr Augenmerk auf mich zu richten.

König Das soll gut gemacht werden. Verlass dich darauf.

General Diese Worte aus Seiner Majestät eigenem Mund sind ja schon so viel wie die Ernennung selbst. Ich bin wirklich glücklich der erste zu sein, der gratulieren darf.

Großhändler Ich gratuliere gleichfalls.

Pastor Gestatten Sie es auch mir. – Ich hatte die Ehre, viele Jahre neben dem Vogt zu wirken, ich weiß, wie wohlverdient eine solche Auszeichnung ist.

Vogt Tiefgerührt bitte ich um die Erlaubnis, meinen Dank Eurer Majestät zu Füßen legen zu dürfen. Die Auszeichnung soll keinem Unwürdigen zuteilwerden. – Man gibt das nicht gerne zu, aber ich bin ein aufrichtiger Mann und gestehe, dass es eines der höchsten Ziele meines Lebens gewesen ist, teilhaben zu können – –

König – an diesen Lügen. Gerade so meinte ich es. Solange selbst die Gedanken eines rechtschaffenen Mannes an solchem Tand hängen, hat das Christentum keine lebendige Kraft im Lande. Was den Orden betrifft, so bekommst du ihn gewiss von meinem Nachfolger. Also: Das Christentum möge sich mit dem Königtum auf einen Kampf einlassen. Und kann man ihm die Lügen nicht austreiben, ohne es zu töten, dann, tötet es.

General Eure Majestät!

König*(wendet sich rasch zu ihm)* Dasselbe gilt von dem stehenden Heer, der Schöpfung des Königtums. Ich glaube nicht, dass eine Einrichtung mit diesen großen Versuchungen – für den Ehrgeiz, mit all diesen unvermeidlichen Lastern und Unsitten geduldet würde, wenn das Christentum lebendig wäre. Weg damit!

Pastor Aber Eure Majestät!

König*(wendet sich rasch zu ihm)* Dasselbe gilt von der Staatskirche – gleichfalls eine Schöpfung des Königtums. Wäre hier im Lande ein starkes Christentum, dann stiege diese Seligkeitsverrechnung gen Himmel wie ein übler Geruch. Weg damit!

Vogt*(vorwurfsvoll)* Majestät!

König(*zu ihm*) Dasselbe gilt von den künstlichen Kastenunterschieden, von denen du mit Tränen im Auge sprichst. Ich hörte dich hier einmal. Diese Kastenunterschiede stützen sich auf das Königtum.

Großhändler Aber Gleichheit? – Das ist eine Unmöglichkeit.

König Mache du mir erst möglich, was möglich gemacht werden kann, dann schweigen selbst die Sozialisten vom übrigen. Ich sage Euch: Das Christentum hat Ideale zur Grundlage. Das Christentum lebt von Dogmen und Formeln statt von Idealen.

Pastor Seine Ideale führen von hier fort gen Himmel.

König Aber nicht im Luftballon! und wäre er selbst aus allen Blättern der Bibel zusammengeklebt. Die Ideale des Christentums leiten gen Himmel, wenn sie hier vorher verwirklicht worden sind. Niemals früher.

Pastor Darf ich es aussprechen? Das Ideal des Christentums ist ein frommer Lebenswandel.

König Ja. Aber vermag das Christentum nicht mehr oder will es niemals mehr als einige einzelne Gläubige schaffen?

Pastor Es steht geschrieben: Wenige sind auserwählt.

König Also sie haben es von vornherein aufgegeben?

Vogt Ich glaube, der Herr Pastor hat damit recht, dass sich das Christentum niemals mit dem befasst hat, was Seine Majestät hier von ihm fordert.

König Aber ich meine: könnte es nicht beginnen, sich damit zu befassen?

Pastor Es würde dabei seiner inneren Mission verlustig gehen. Das Muster der Christenheit ist die höchste Obrigkeit.

König(*wendet sich von ihm ab*). So nehmt euch ein Muster wo ihr wollt, es führt ja doch zu nichts!

General Ich muss sagen, ich bewundere den Scharfblick, mit dem Eure Majestät selbst die tiefsten Probleme durchschaut.

Großhändler Ja, ich habe niemals etwas Ähnliches gehört. Nur bin ich nicht akademisch gebildet und verstehe es daher nicht ganz.

König Und ich, der ich dachte, in der Christenheit einmal meine Verbündeten, meine Nachfolger zu finden. Man will ja so ungern alle Hoffnung fahren lassen. Ich dachte, die Christen würden einmal den großen Lügenbehälter der modernen, sogenannten christlichen Gesellschaft stürmen, ihn stürmen und einnehmen. Und mit dem Königtum beginnen, weil dazu am meisten Mut gehört, weil dessen Lügen am tiefsten und weitesten gedrungen sind. Ich dachte, dass das Christentum einmal versuchen würde, das Salz der Gesellschaft zu sein. Grüßt es nicht von mir. Ich habe nichts gesagt und will es nicht. Ich bin das, was man einen verratenen Mann nennt, verraten von den idealsten Mächten des Lebens. Ja, so bin ich also fertig!

General Aber was meinen Eure Majestät nur? Verraten? von wem? Wo ist der Verräter? Wahrhaftig –!

König Vorwärts, fasse ihn! Eigentlich bin nur ich dumm gewesen.

Großhändler Eure Majestät, die soeben noch so hoch oben schwebten – – ?

König Staune nicht zu sehr darüber, mein Bester. Ich bin eine Mischung von Begeisterung und Blasiertheit - Sprösslinge aus alten, verlebten Geschlechtern kommen nicht höher hinauf, weißt du. Zu Königen taugen sie jetzt kaum mehr. Und zu Reformatoren - hahaha! Ja, ich danke euch, dass ihr mir so geduldig zugehört habt. Das Ganze hatte gar keinen Sinn, aber auch die Austern tun sich auf, ehe sie sterben. Lebt wohl.

General Aber ich kann es nicht übers Herz bringen, den König in so missmutiger Stimmung zu verlassen.

König Du wirst es doch endlich versuchen müssen, mein tapferer Freund. - Nicht so verstimmt, Vogt. Denke nur daran, dass einmal ernste Männer ebenso beschämt darüber sein werden, dass es solche Lügen gibt, wie du es jetzt bist, weil du an ihnen nicht teilhaben kannst. Dann könnte ich vielleicht auch König sein. Jetzt habe ich nicht genügend starke Nerven und Muskeln dazu. Es scheint mir, als würde ich von der Stelle verdrängt, auf der ich stehe. So endet meine Reformation.

Vogt Es sei mir gestattet zu bemerken, dass meine Beobachtungen, zum Teil schmerzlicher Art, sich in dem Haupteindruck sammeln, dass Euer Majestät überreizt sind.

König Verrückt, meinst du?

Vogt Gott bewahre mich davor, solche Worte auf meinen Herrscher anzuwenden.

König Nur immer die richtige Form! Nun - danach zu urteilen, dass die anderen sich für vernünftig halten, muss ich zweifellos verrückt sein.

Das ist ein altes Rechenexempel. - Und wirklich, ist es nicht alles in allem genommen ein Wahnsinn, sich ein paar Kleinigkeiten so nahe gehen zu lassen? Einige überlebte, armselige Formen, die nichts, aber auch gar nichts bedeuten, einige ehrwürdige, unschädliche Vorurteile, einige alberne, gesellschaftliche Gewohnheiten und andere derartige Kleinigkeiten.

(Gleichzeitig:)

General So ist es.

Vogt Vollkommen richtig!

Großhändler Mir ganz aus der Seele gesprochen!

Pastor Just dasselbe habe ich mir die ganze Zeit schon gedacht.

König Wozu noch einige überspannte Ideen kommen vielleicht auch einige gefährliche wie die vom Christentum.

Pastor*(eifrig und eindringlich)* Eure Majestät fassen die Aufgabe des Christentums falsch auf.

Vogt*(ebenso)* Das Christentum ist eine reine private Angelegenheit, Eure Majestät.

General*(ebenso)* Eure Majestät verlangen zu viel von ihm. Ein Trost für Sterbende - -

König Und wichtig für die Disziplin!

General*(lächelnd.)* Weiß Gott!

Großhändler Das Christentum ist heutzutage nicht mehr so wichtig, außer für die kleinen Leute - *(Er schielt auf den Pastor)*

König Nach dieser Probe auf mein Rechenexempel sage ich so: in einer so oberflächlichen Gesellschaft, in der kein sonderlicher Unterschied ist zwischen Lüge und Wahrheit, wie auch das meiste in ihr nur Formeln sind ohne tieferen Sinn, in der Ideale für überspanntes, gefährliches Zeug gehalten werden - ist es nicht sehr angenehm zu leben.

General Ach - wie, Eure Majestät? - Es geht! Hahaha!

König Glaubst du? Ja, wenn man kämpfen könnte. Aber dazu müssten unserer mehr sein und besser gerüstet, als ich es bin.

General Als Eure Majestät ? Eure Majestät hat die reichste Begabung in Eurer Majestät ganzen Reichen und Landen.

Alle Ja.

General Verzeihen Sie – das kam unwillkürlich.

Vogt Es liegt ein Ton in Eurer Majestät Reden, als dächten Eure Majestät daran - - - - *(Stockt)*

König Fort zu reisen. Ja.

Alle Fort zu reisen?

General Also die Regierung niederzulegen? Um Gottes willen!

Großhändler*(ebenso erschrocken.)* Uns alle dem Prinzen überlassen, dem Pietisten!

Pastor*(unwillkürlich freudig.)* – Und seiner Mutter?

König Du freust dich, Pastor. Das wird auch ein Anblick werden, sie und den Sohn vorantanzen zu sehen und alle Kuttenträger hinter ihnen! Hurra!

General Hahaha, hahaha.

Großhändler*(gleichzeitig.)* Hahaha. Ich muss so sehr husten, wenn ich lache.

König*(ernst.)* Es war nicht meine Absicht, Lachen zu wecken im Hause des Todes. Das hallt ja durch die offenen Türen und Gänge.

Vogt Bei allem Respekt vor der Kirche, dazu, zu einem Thronwechsel im pietistischen Geiste will die große Mehrheit doch nicht, dass es kommen soll. Ja, gewiss, Eure Majestät, bei der Thronentsagung fielen wir Ihnen alle zu Füßen.

General*(mit Kraft)*. Ein Thronwechsel jetzt würde allgemein als ein Volksunglück angesehen werden, dafür kann ich mit meinem Kopf einstehen.

Großhändler*(ebenso)*. Ich gleichfalls.

König Hochgeehrte! Ihr müsst die Folgen eurer eigenen Handlungen auf euch nehmen.

Vogt*(verzweifelt)*. Aber das! Wer hätte sich das gedacht!

General, Großhändler Niemand, Eure Majestät.

König umso schlimmer! – Was bietet ihr mir denn? Aufsteigen, um einen anderen niederzuhalten! Ist das eine Aufgabe für einen Mann? Jämmerlich!

Vogt*(bekümmert)*. Wir bieten mehr. Eure Majestät befinden sich in einem verhängnisvollen Missverständnis. Die ganze Missstimmung Eurer

Majestät rührt daher, dass Sie sich von Ihrem Volke verlassen glauben, weil die Wahlen gegen Eurer Majestät Pläne ausfallen. Nichts weniger als das! Das Volk fürchtet die Umwälzungen, aber seinen König liebt es!

Großhändler Seinen König liebt es!

König Du Weiße Taube, die du dich vertrauensvoll auf meine Hand niederließest – du hast diese Liebe kennen gelernt!

Vogt Die Personen, die den König umgeben, können unbeliebt sein, aber die Liebe zum König besteht.

Alle(*gleichzeitig*). Sie besteht!

König Hört doch auf!

General(*warm*). Eure Majestät kann uns alles befehlen, aber den Ausdruck der freiwilligen Unterwerfung eines freien Volkes, den Ausdruck seiner Hingebung, seiner Treue, seiner ererbten Fürstenliebe zu unterdrücken, das können Sie uns nicht befehlen!

Vogt Es ist keiner unter uns, der nicht sein Leben opfern würde für Eure Majestät.

Großhändler. General. Pastor Keiner!

General Stellen Sie uns auf die Probe! *(Die anderen treten zu ihm.)*

König Topp. Seit gestern trage ich dieses kleine Ding bei mir. *(Er zieht einen Revolver hervor. Alle erschrecken.)*

Pastor Gott im Himmel!

König Will du für mich sterben? *(Er reicht dem Pastor den Revolver hin.)* Dann lasse ich es sein.

Pastor Ich? Was meinen Eure Majestät? Das wäre eine große Sünde.

König Ihr liebt mich ja doch?

Alle(*verzweifelt*). Ja, Eure Majestät.

König Die Liebe glaubt! So glaubet mir, wenn ich euch sage; gibt es hier einen einzigen, der ohne Bedenken für seinen König in den Tod geht, jetzt, hier, sofort, so ist das für mich die Botschaft, die mich zum Leben und zur Tat zurückruft.

Vogt(*flüstert entsetzt*). Er ist wahnsinnig!

General(*ebenso*) Ja.

König Ich höre. - Aber ihr liebt ja den König, selbst wenn er wahnsinnig ist?

Alle*(bewegt)*. Ja, Eure Majestät.

König Majestät, Majestät! Nur einer ist Majestät. Ein Wahnsinniger aber doch gewiss nicht. - -Bin ich aber wahnsinnig geworden durch die Lügen um mich herum, dann wäre es doch eine Pflicht, das wieder gut zu machen. Löst euer Wort ein, dass ihr für mich sterben wollt! Ich werde dadurch wieder gesund werden, du, General?

General Teuerster König! Das wäre, wie der Herr Pastor sehr treffend sagte, eine außerordentlich große Sünde.

König Du hast eine schöne Gelegenheit versäumt, deinen Heldenmut zu zeigen. Du hättest doch sehen müssen, dass ich nur Generalprobe hielt. Lebt Wohl! *(Geht nach links ab in das blaue Zimmer.)*

General Vollständig von Sinnen!

Alle anderen Vollständig!

Vogt So große Gaben! Was hätte nicht aus ihm werden können!

Großhändler O, es ist sehr schade!

Pastor Ich bin so sehr erschrocken.

Großhändler Ich auch. *(Ein sehr lauter Schuss fällt.)*

Pastor Wieder ein Schuss? *(Man hört den gellenden Aufschrei einer Frau im blauen Zimmer.)*

Vogt Was mag das sein?

Großhändler Ich wage es nicht auszudenken.

Pastor Ich auch nicht.

(Aus dem blauen Zimmer stürzt eine ältere Frau: »Hilfe, Hilfe, der König!« Sie läuft über den Gang und die Treppen hinab. »Hilfe, Hilfe, der König!« Der General eilt hinein. Ebenso der Vogt. Man antwortet von oben und von unten. »Der König? Was ist's mit dem König?« Dann auch von außen. Lärm auf den Treppen und Gängen, Fragen und Befehle. Unterdessen kommt das stumme Mädchen mit erhobenen Armen aus dem blauen Zimmer, taumelnd, als wüsste es nicht, wohin sich wenden. Dann läuft auch sie über den Gang und die Treppen hinab. Der Lärm kommt immer näher, man sieht von beiden Seiten Leute herbeilaufen, während der Vorhang fällt, Musik)

Nachspiel.

Auf nachtschwarzem Grund sieht man eine leuchtende Gestalt von links nach rechts schweben, langsam steigend; ein wenig später eine ebensolche auf demselben Weg. Hierauf naht unter lebhafter Musikbegleitung ein stärker leuchtendes Wesen, höher schwebend, von links, wie wenn es den andern folgen wollte; aber es wird von den drei Genien aufgehalten.

Es kniet nieder und fleht; die drei antworten:

Die drei Genien Nicht beendet, Nicht vollendet. – Warte!

(Von links hört man:)

Chor Den Weg zur Wahrheit, – Weiter, weiter!

Einzelne Stimme Den Marterweg?

Chor Ja, diesen!

Einzelne Stimme Ohne Ende?

Chor Ja, du schlichest
Feig' hinweg dich,
Schreit drum tausend
Male schwerer.
Schreit drum tausend
Längen länger.

(Aus der Ferne, von unten hört man:)

Eine Stimme Sohn, mein Sohn!

(Ein Seufzer geht durch die Nacht, verhallt aber ohne Antwort.)

Einzelne Stimme*(rechts)*. Meine Schwingen tragen nicht,
Ach ich sinke, – sinke!

Chor Sollst zu höhrer
Wahrheit schweben!

Einzelne Stimme Hilfe! Helft mir!

Chor Hilfe ruft
Dein Wunsch herbei! –
Sieh dich um und
Schau die Scharen,
Die umstrahlt dich,
Wenn von Wahrheit
Zeugt dein Sinnen, –

Deine Tat. –

Der von den drei Genien zurückgehaltene, der den Stimmen voll Angst gelauscht hat, wird von Freude ergriffen. Sie werden sogleich von einer bunten Heerschar umringt, und über ihnen steht die Sonne, die alle und alles mit Licht überstrahlt. Eine Hymne rauscht dahin. Ihr Text ist:

W a h r h e i t .

www.ingramcontent.com/pod-product-compliance
Lightning Source LLC
Chambersburg PA
CBHW060801310726
48980CB00002B/189

* 9 7 8 3 8 4 6 0 8 1 7 2 3 *